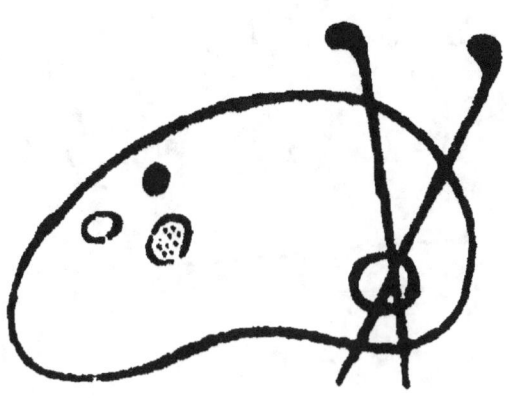

Début d'une série de documents
en couleur

COUVERTURES SUPERIEURE ET INFERIEURE D'IMPRIMEUR.

68

Mise sous
pour la Reliure

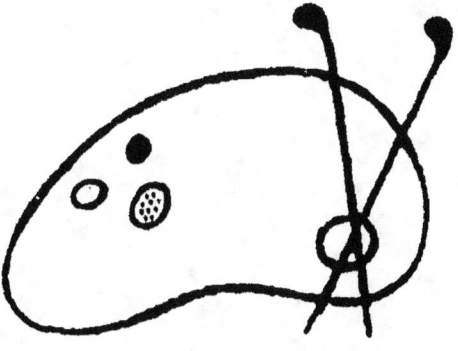

Fin d'une série de documents
en couleur

ALLAN

5ᵉ SÉRIE GRAND IN-8°.

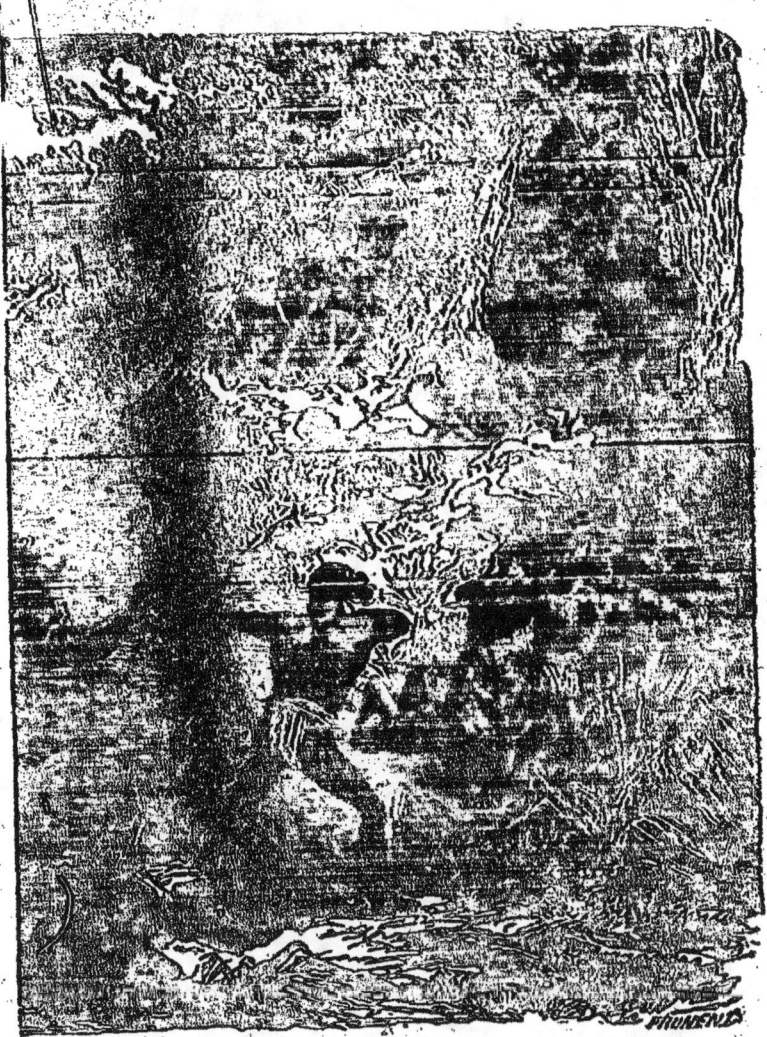

Il fallait, à tout moment, envoyer des soldats à la poursuite des noirs.
(P. 56.)

ALLAN

LE
JEUNE DÉPORTÉ

A BOTANY-BAY

PAR

E. FOUINET

Ouvrage couronné par l'Académie française

NOUVELLE ÉDITION

LIMOGES
EUGÈNE ARDANT ET Cⁱᵉ

ÉDITEURS

ALLAN

I. — Au pays de Galles

Au nord du pays de Galles s'élève une chaîne de montagnes que domine le Snowdon. Quand le voyageur atteint
le sommet toujours neigeux du Snowdon à l'heure où le
soleil se lève, il jouit d'un spectacle splendide. Entouré
de la brume du matin, il n'entend d'abord que le bruit des
cascades ; mais à mesure que l'astre monte, le brouillard
se dissipe, et il voit tous les torrents, tous les lacs qu'enca-
drent de noires forêts, scintiller et luire comme de grandes flammes au souffle du vent : les cascades se couron-
nent de brillants arcs-en-ciel, et plus loin, à gauche,

resplendit le golfe de Cardigan, éclairé par le soleil,
semblable à un miroir éblouissant où il y aurait quelques taches noires : ce sont des îles couvertes de forêts.
Que le voyageur se retourne et regarde au sud : il voit
en face le sommet élevé du Cador-Idris, qui cependant
est auprès du Snowdon ce qu'un petit frère est auprès
de son aîné, et derrière le Cador-Idris se dresse le
Plialimmon d'où descendent huit rivières. Cette vue est
admirable. Aussi une vieille tradition voulait-elle que
tout homme arrivé au sommet du Snowdon devînt poète
ou fou. Ce dont l'on ne saurait douter, c'est qu'il sera
frappé d'un indicible sentiment d'admiration en présence
de tant de beautés.

Le son d'une cloche monte en s'affaiblissant d'écho
en écho. Un clocher s'élance du milieu de quelques pins
tout au fond de cette vallée que bornent deux lacs étincelants où se mirent une vieille tour et des fortifications
ruinées : c'est la vallée de Lanberis. Apercevez-vous,
tout à côté de l'église, une petite maison couverte d'ardoises et dont les murailles éclatantes de blancheur
paraissent à travers le feuillage, ainsi qu'une étoile
perçant un ciel à demi-brumeux? C'est la demeure du
pasteur de Lanberis, calme et humble retraite, recueillie
comme un nid dans la ramée; c'est un lieu de pieuse
paix aujourd'hui : la douleur et l'agitation y régnaient au
moment où commence ce récit.

En 1780, M. Madock, le pasteur de la paroisse de
Lanberis, vivait heureux dans cette vallée solitaire, au
milieu de trois ou quatre cents âmes dont il avait le
soin, et plus heureux encore dans son intérieur qu'em-
bellissait une femme excellente. Mistress Madock, fille

d'un fermier des environs, était d'un caractère aussi doux que charitable et dévoué.

Élevée dans une ferme, elle connaissait à merveille tous ces secrets de ménage qui font aller de front le bien-être et l'économie : et il fallait de l'économie dans le presbytère de Lanheris où il n'entrait régulièrement qu'une modique somme pour l'entretien de toute la famille.

Oui, de la famille; car deux jeunes garçons, l'aîné, Meredith, âgé de onze ans, et l'autre, Allan, qui pouvait avoir neuf ans en 1780, prenaient une bonne part du repas du matin et du soir; il fut même un temps — et mistress Madock ne pouvait y penser sans larmes — où l'on était plus pressé à table et sur les bancs qui bordaient le fond de la cheminée; et quand la pauvre femme se rendait le dimanche à l'église, elle retrouvait, en traversant le cimetière, de la famille encore, sous deux croix de bois noir, deux filles charmantes, bien-aimées et mortes jeunes. M. Madock avait été frappé autant que sa femme par cette perte et était demeuré aussi inconsolable.

Les garçons ne cherchaient-ils donc point à leur faire oublier ce vide? Pas entièrement. Si, comme Meredith, Allan eût été bon, studieux, soumis à la douce autorité de ses parents, peut-être le bonheur complet serait-il rentré sous ce toit avec les années; mais Allan était turbulent, paresseux, indocile, et, de plus, jaloux de la préférence que ses parents donnaient en toute justice à Meredith. Cette jalousie, cette envie qu'il portait à son frère, auraient dû provoquer chez lui, s'il avait eu l'esprit droit et le cœur bon, des efforts continuels pour mériter

d'être aimé autant que Meredith. Son père et sa mère ne
demandaient pas mieux que de laisser leur cœur s'épan-
cher vers lui, au lieu de le comprimer péniblement; car
il est bien dur pour des parents de cacher à leurs enfants
leur tendresse. Il le faut cependant quand ils sont disposés à en abuser, comme les gourmands de ce qui
flatte leur goût. Or, toutes les fois que M. Madock ou sa
femme témoignaient à Allan de l'indulgence et de l'affection, l'enfant vicieux, au lieu d'y voir un encouragement
vers le bien, se croyait autorisé à être insoumis et rebelle. Cette insubordination ne pouvait être attribuée à
un manque d'intelligence. Son esprit était vif, précoce,
et s'accusait dans ses défauts même par un raisonne-
ment mal appliqué.

—Tant pis! on aime mieux Meredith que moi! répon-
dait-il pour toute excuse quand sa mère lui reprochait
un mensonge ou un petit larcin. — On l'aime mieux que
toi! non pas, Allan, lui répondait-elle avec bonté : tu es
la même part dans notre cœur : tâche de la mériter; on
ne te la refusera pas. Tu sais bien qu'à l'école c'est à celui
qui travaille le mieux et qui est le plus sage que sont
réservés le prix et la couronne; celui qui a la seconde
place, au lieu d'être jaloux et de se plaindre, n'a rien de
mieux à faire que de travailler et de se bien conduire, et
il est sûr d'être le premier aussi. Il n'y a pas qu'une
bonne place dans le cœur d'un père ou d'une mère.

Après ces leçons, si douces qu'on eût aimé à les recevoir comme des caresses, elle l'embrassait en le priant
de mieux faire, de se corriger, de contenter son père :
elle accompagnait même souvent ces prières de bien des
larmes; mais les larmes, les prières, rien n'agissait sur

le cœur dur d'Allan. A douze ans, il savait à peine lire,
tandis que Meredith était déjà assez avancé dans le latin
pour étudier avec son père ; et quand M. Madock voyait
avec bonheur et orgueil les progrès de son fils aîné,
Allan n'y voyait, lui, qu'un motif de plus pour persister
dans sa paresse obstinée. L'envie que lui inspirait
Meredith, c'était comme de la haine, et de la haine pour
un frère est quelque chose de hideux! En vain sa mère le
grondait le plus fort qu'elle pouvait, en pleurant ; en vain
son père lui donnait des avis sévères ou le châtiait en le
retenant à la maison les jours de promenade : rien n'y
faisait. Il laissait pleurer sa mère, il haussait presque les
épaules. Peu s'en fallait qu'il ne sourît quand son père
lui adressait des reproches, et s'il était enfermé, il
brisait une vitre et bientôt il était dehors, non point
pour se promener tranquillement et chercher à rejoin-
dre sa famille en demandant pardon, mais pour aller
courir dans des endroits périlleux qui lui étaient défen-
dus. Tantôt il descendait dans les profondes carrières
d'ardoises du voisinage où les éboulements étaient fré-
quents, tantôt il s'enfonçait dans les galeries ténébreuses
des mines de cuivre, ou bien, quand il pouvait trouver
un bateau amarré à la côte, il le détachait sans scrupule
et allait sur une île voisine du rivage dénicher les œufs
déposés par les oiseaux sur des rochers qui avancent
d'une manière effrayante au-dessus des vagues. Rien ne
l'épouvantait, et si le courage est un bon et noble sentiment, il n'en était pas de même de l'insouciance qui le
rendait insensible à toutes les inquiétudes que pouvait
causer son absence.

S'il avait pu voir comme, en ces moments-là, sa mère

et son père lui-même oubliaient vite ses fautes, pour s'inquiéter et l'attendre au milieu des transes et des angoisses, il aurait compris peut-être qu'il était aimé autant que son frère. Aux réprimandes dont ses parents masquaient autant que possible leur joie à son retour, il ne répondait que par quelques brutalités, quelques mensonges et des paroles qui décelaient un précoce endurcissement.

— Qu'en ferons-nous? se demandaient alors ses parents avec une véritable anxiété. Il faudra donc l'envoyer aux colonies?

— J'irai aux colonies! Tant mieux! se disait tout bas Allan. Que lui importait de quitter ses parents? Il y songeait sans le moindre chagrin. Il avait entendu des matelots raconter des merveilles de l'Inde et des Antilles; et les beaux fruits, l'été perpétuel, la vie oisive que l'on mène sous ce ciel brûlant, tout le ravissait; il n'aimait plus son pays; et comment l'aurait-il aimé, puisqu'il n'aimait pas sa famille?

— Tant mieux! — voilà tout ce qu'il concluait de sa mauvaise conduite. — Tant mieux! — on m'enverra aux colonies : ça m'est égal.

Le malheureux! il ne savait pas ce qu'il disait.

II. — La Famille inquiète

La petite maison de Lanberis semblait cependant faite pour le bonheur au milieu de cette paix innocente et de ces calmes beautés de la nature. Malgré leurs afflictions, M. et mistress Madock en subissaient la douce influence; et, pendant que la bonne ménagère se plaisait

à soigner et à embellir son petit parterre, le pasteur se
livrait avec joie à la composition d'un herbier renfer-
mant toute la riche flore du Snowdon.

Meredith partageait les plaisirs comme les études de
son père; mais Allan passait ses journées à errer dans
le village, à courir dans l'enclos, sur le bord de la mer
ou à travers les précipices de la montagne.

Puis l'hiver venu, quand il fallait, le soir, se réfugier
sous le vaste manteau de la cheminée, aux deux côtés de
l'âtre flambant, mistress Madock, son mari et Meredith
faisaient tour à tour la lecture à haute voix. Quant à
Allan, il se tenait dans son coin, maussade, morose,
ruminant quelques mauvais tours pour le lendemain, et
son attention ne s'éveillait que quand il était question de
voyages dans les pays lointains.

Ce désir d'une vie vagabonde ne fit que s'accroître en
lui avec les années, et devint irrésistible quand Allan eut
atteint sa quinzième année. On ne pouvait le retenir à
la maison, et sa pauvre mère tremblait sans cesse à
l'idée de le voir revenir avec un bras cassé, la tête fen-
due, ou d'apprendre qu'il s'était tué.

Ces terreurs avaient toujours été calmées par son retour au presbytère; mais un soir, au commencement du
printemps, l'alarme la plus vive régna dans la famille.
Allan s'était échappé dès le matin. Le soleil s'était
couché, la nuit avait succédé au crépuscule, et il n'était
pas encore rentré. Six, sept, huit, neuf heures sonnèrent
successivement à l'horloge qui signalait impitoyable-
ment la course du temps. Le fugitif ne reparaissait pas.

— Où est-il? Que peut-il être devenu? demandaient
tour à tour M. Madock, mistress Madock et Meredith, en

se couvrant le front de leurs mains tremblantes. Ils se
rappelèrent alors avec effroi qu'il aimait à aller ramasser
les œufs des oiseaux de mer; et mistress Madock se représentait son enfant, suspendu aux aspérités de la
falaise, et roulant dans les vagues avec quelque fragment
détaché du roc. S'ils venaient à penser à la carrière d'ardoises qui se creuse comme un abîme sans fond, ils se
représentaient Allan écrasé par la chute d'une pierre. Il
avait pu s'égarer dans les mines de cuivre aux détours
ténébreux, et y mourrait peut-être de faim; ou, peut-être
encore, pendant qu'il errait dans les défilés du Snowdon,
un aigle immense l'avait assailli et emporté dans son
aire pour le déchirer. Quoique petit, il était fort et
robuste; mais il est de ces oiseaux dont la puissance
est redoutable même pour l'homme. Ainsi, noyé, écrasé,
perdu dans les mines et mourant de faim, ou déchiré
par des serres aiguës, tel était l'état où le malheureux
enfant apparaissait à l'imagination inquiète de ses parents; aucun n'osait se demander l'heure ou regarder le
cadran. Au moindre bruit, mistress Madock pâlissait,
rougissait, courait à la porte. — Allan! Allan! viens! on
ne te grondera pas! on te pardonnera.

— Allan! Allan! répétaient M. Madock et Meredith.

L'écho répondait plus ou moins distinctement : Allan!
mais ce n'était point sa voix.

Ces cris firent d'abord aboyer les chiens de garde;
puis les voisins s'éveillèrent et accoururent s'informer
de ce qui se passait. Dès que l'on connut la cause de ce
tumulte si inusité dans la rue de Lanheris, chacun eut
son mot à dire. L'un avait vu Allan du côté de la mer,
l'autre l'avait aperçu déracinant, comme pour s'en faire

un bâton, un jeune arbre dans le bois voisin des carrières d'ardoises; celui-ci était bien sûr de l'avoir reconnu s'apprêtant à descendre dans la mine de cuivre; celui-là certifiait que le matin, en passant près du château de Dolbadern, il l'avait rencontré qui gravissait les premières pentes du Snowdon, et même, ajoutait-il, un aigle immense planait à cet instant sur la montagne. Ces indications ne pouvaient que jeter sa famille dans une plus affreuse perplexité. Il fallait sur-le-champ aller de tous côtés à sa recherche. Les voisins, qui étaient pleins d'affection pour la famille Madock, s'y prêtèrent avec empressement; on alluma des branches de pin résineux et tous, hommes et femmes, jeunes gens et vieillards, se dispersèrent, les torches à la main.

Les pêcheurs se rendirent à la côte, montèrent sur les rochers, poussèrent de longs cris auxquels ne répondit aucune voix; ils prirent ensuite une barque et gagnèrent l'île où, ils le savaient tous, Allan se plaisait à chercher les œufs des mouettes et des goëlands. Il était effrayant de voir ces hommes gravir, les pieds nus, des rocs escarpés, suspendus sur la mer presque aussi perpendiculairement qu'une muraille : ils cherchaient dans chaque anfractuosité des traces de pas à découvrir mais, malgré toutes leurs investigations, ils ne découvrirent rien autre que les indices d'un éboulement récent. Ils revinrent tristes, mais seulement de la tristesse qu'éprouvaient les parents; car, pour Allan, on ne l'aimait guère.

Chacun avait à se plaindre de quelque malice ou de quelque méchant tour, attribué à son oisiveté. On lui reprochait même de mauvaises actions : des fruits enlevés dans les jardins, des poissons volés dans les filets.

Une bonne vieille, qui avait servi autrefois dans sa famille, parlait même de quelques schellings, ses chétives économies, qui avaient disparu de son coffre.

Ces gens le croyaient perdu, noyé, mort. Tel est l'éloge funèbre que l'on fait de ceux qui ont mal vécu.

Pendant que les pêcheurs cherchaient Allan sur le bord de la mer et dans les rochers de l'île, quelques chasseurs habitués à parcourir le Snowdon y montaient sous la conduite de Meredith. Leurs torches brillaient dans ces gorges sauvages, mais sans éclairer autre chose que des torrents, des cascades, des fontaines limpides : pas un être vivant ! pas une voix qui répondît à leurs appels ! pas une trace d'Allan.

Mistress Madock entendait avec une continuelle anxiété ces clameurs qui se répétaient et se perdaient dans les montagnes, tandis que, penché sur l'abîme de la carrière d'ardoises, elle regardait son mari qui y descendait. Que l'on se figure un entonnoir immense, de près de deux cents mètres de profondeur, divisé aux parois par des plates-formes assez étroites, pratiquées de dix en dix mètres. C'est un escalier de géants, et il faudrait des jambes de géant pour franchir ces marches : aussi va-t-on de l'une à l'autre au moyen de longues échelles, et comme il faut descendre avec d'extrêmes précautions, il faut une heure au moins pour atteindre le fonds. C'est cette périlleuse descente que M. Madock commençait, éclairé par les torches de deux hommes qui le précédaient, de deux autres qui venaient derrière lui. Quand il eut descendu la première échelle :

— Voyez-vous quelque chose ? demanda Mistress Madock.

— Rien ! lui répondit une voix profonde.

M. Madock mit alors le pied sur la seconde échelle qui fléchissait et oscillait sous le poids de ces cinq hommes qui y descendaient à la fois. A chaque échelon, il regardait autour de lui dans toutes les cavités produites par l'extraction de la pierre ; mais il n'apercevait que les couches entrecroisées de ce schiste que l'on tire des entrailles de la terre pour couvrir nos maisons.

Mistress Madock suivait avec angoisse tous les mouvements de son mari ; quand elle le vit arriver au bas de la seconde échelle, elle lui cria : .

— Y est-il ? y est-il ?

— Non ! répondit une voix plus creuse encore :

— O mon Dieu ! se dit la pauvre mère en tombant à genoux et sans quitter du regard ce précipice. Chaque fois qu'elle voyait M. Madock arrivé à un degré nouveau, elle renouvelait ses cris auxquels répondaient des voix de plus en plus faibles et lointaines.

Les mineurs et le pasteur avaient déjà descendu dix degrés de dix mètres chacun, et ils en avaient encore cinq à franchir. M. Madock tombait de fatigue ; il s'assit un instant sur la plate-forme sans cesser d'appeler : Allan ! Allan !

Pendant cette courte halte, mistress Madock fut au comble de la terreur, en ne voyant plus vaciller la lueur des flambeaux : elle appela, mais la voix a peine à descendre à une aussi grande profondeur. La pauvre femme tomba presque évanouie.

Leurs torches éteintes... dans cet abîme !

Elle voulut crier et n'en trouva point la force.

Au moment où M. Madock allait mettre le pied sur

l'échelle suivante un petit fragment de pierre, détaché
d'en haut, avait roulé de marche en marche, et, avec
toute la vitesse acquise, était venu frapper sur la paroi
de la carrière. Il s'était produit un éboulement. Une
source s'était fait jour : c'est ainsi que les carrières
abandonnées finissent par se remplir d'eau et deviennent
des étangs d'une énorme profondeur. Dans les carrières,
on est toujours en lutte avec l'eau. Il fallut donc fermer
cet orifice pour éviter une inondation, et c'est durant
cette opération que les torches avaient été un instant
cachées.

— Ah ! mon Dieu ! je les revois ! dit mistress Madock,
et elle regarda le ciel. C'est qu'un instant elle avait craint
d'avoir aussi perdu son mari.

— Y est-il ? y est-il ?

Elle avait tellement forcé sa voix, qu'elle parvint cette
fois à l'oreille du pasteur.

Rien !.. rien ! répondit-il.

Arrivés au fond, ses compagnons et lui cherchèrent
dans tous les sens, derrière tous les blocs que l'on venait d'extraire. Tout fut inutile. Quand M. Madock leva
les yeux vers l'entrée de la carrière, il n'aperçut que
quelques étoiles et la lueur de la torche que mistress
Madock tendait sur l'abîme pour tâcher d'y répandre
un peu de clarté.

C'est à peine si elle entrevoyait les torches au fond : on
eût dit la lumière de la lune perçant difficilement un nuage
épais... mais la clarté croissait... on remontait... Allan
était peut-être avec eux ! La mère suivait d'un œil anxieux
tous les mouvements de la lueur qui remontait. Que ce

trajet fut long; combien son cœur battit de dévorante impatience.

— Le ramenez-vous?

Elle ne reçut d'autre réponse qu'un long sanglot.

— Ils sont bien bons de tant le chercher et de se tourmenter autant pour ce mauvais sujet, disaient entre eux les paysans qui revenaient de la mer, de la montagne, ou de la mine de cuivre. Ils seraient bien heureux s'il était mort, car il leur donnera du chagrin.

Il leur en avait déjà causé beaucoup; et cependant le chagrin qu'ils éprouvèrent n'en fut pas moins vif quand Meredith et mistress Madock virent le pasteur remonté de la carrière sans lui, ils s'embrassèrent tous les trois, mêlant leurs pleurs, leurs soupirs et se remirent silencieusement en marche vers leur demeure. Ils se hâtaient sans se dire pourquoi. C'est que chacun d'eux espérait tout bas qu'Allan y était peut-être rentré pendant leur absence.

Hélas! non; ils retrouvèrent le parloir vide, plus vide que jamais.

Il était deux heures de la nuit, et un silence profond régnait au dehors comme au dedans de l'habitation; — le silence de la mort.

III. — Le Vol

A la même heure Allan était sur la grande route qui mène à Bristol. Le paysan qui l'avait vu dans le bois arracher un jeune arbre avait seul raison. Notre fugitif de seize ans s'était fait un bâton de voyage. La paresse, le dépit que lui inspiraient les succès de son frère, la pu-

nition du dimanche précédont, et la privation du demi-
schelling que M. Madock lui donnait à la fin de chaque
mois, quand il était content de lui, chose rare! toutes
ces misérables raisons l'avaient décidé au parti désespéré qu'il venait de prendre. Il avait pourtant été témoin
de l'inquiétude que causaient ses absences : son père
lui avait dit que ces émotions le rendaient malade, sa
mère lui répétait souvent qu'il la ferait mourir. Il n'y
pensa point et se mit gaiement en route dès le matin,
faisant sonner avec fierté quelques pièces d'argent que
contenait la poche de sa veste.

Quand vint la nuit, il n'osa demander asile dans une
auberge, il craignait d'être reconnu et ramené à la
maison paternelle. Il poursuivit son chemin, non sans
inquiétude et préoccupation; ce n'était point la pensée
de la nuit d'angoisse que passait sa famille, mais la peur
d'être volé : l'argent mal acquis tourmente toujours.

Il passait, à minuit, près d'un village, quand, à la
porte d'une auberge, il aperçut un jeune garçon à peu près
de son âge qui frappait inutilement, et auquel on finit
par refuser d'ouvrir. Allan comprit instinctivement que
ce vagabond était dans une position analogue à la sienne;
il l'aborde, et les premiers mots de la conversation prou-
vèrent à Allan qu'il ne s'était point trompé. La connais-
sance fut donc bientôt faite et les deux voyageurs noc-
turnes poursuivirent ensemble leur route.

Quand l'aube parut radieuse sur les flancs du Snowdon, pas une paupière ne s'était encore fermée dans la
petite maison de Lanberis. Au premier chant du coq,
toute la famille était déjà errante, du bord de la mer aux
gorges de la montagne. Mistress Madock regarda avec

torrent le roc éboulé sur la côte, et elle fut convaincue
que son enfant était désormais au fond de l'Océan avec
ces débris. Elle n'en chercha pas moins tout le jour, accompagnée de Meredith.

M. Madock se fût joint à eux, si son devoir ne l'eût
retenu au logis. C'était le jour de la semaine où les pauvres venaient recevoir une aumône.

Il ouvrit son armoire.

Là, dans un tiroir, il confiait à une petite boîte les
faibles économies qu'il pouvait faire sur ses dépenses
personnelles et les *pences* que, de temps à autre, il gagnait en faisant avec le voisin une partie de cartes dont
l'enjeu était consacré aux pauvres. C'était un dépôt bien
sacré, et il serait presque mort de faim avant d'y tou-
cher pour son compte. Il ouvrit donc le tiroir avec l'é-
motion que fait toujours éprouver le bien qu'on va accomplir. La boîte était cachée sous du linge; il l'écarta,
il lui sembla qu'il avait été dérangé. Il trouva la boîte
cependant. Il avait éprouvé un vif saisissement en ne la
voyant pas d'abord, mais il se remit en la prenant.

Pas un bruit n'en sortit quand il l'agita.

Il leva le couvercle en tremblant. — Rien!

Il resta anéanti, et la boîte vide était encore entre ses
mains quand Meredith et sa mère revinrent de leurs
vaines recherches.

— Je croyais, mon amie, dit alors à sa femme M. Madock, que mes pauvres avaient quelque chose en caisse.
Ne vous rappelez-vous pas y avoir vu plusieurs schellings?

Mistress Madock balbutia, et rougit comme si elle
était la coupable. C'est qu'en effet elle avait vu dans la

toute ce que disait son mari, et qu'un effroi plus pénétrant encore que celui de la nuit venait de s'emparer d'elle. Le pasteur, qui pouvait bien concevoir des soupçons d'après de telles apparences, fixa sur elle pour la première fois un œil sévère, mais sans dire un mot.

Elle comprit ce regard.

— Oh! Dieu m'en garde, mon ami; mais... ne vous souvenez-vous pas?... Mais oui... il me semble que vous en avez déjà disposé... Oh! oui... je me le rappelle actuellement... j'en suis sûre...

— C'est bien. Alors, je vous crois. Il faudra donc que mes pauvres attendent, répondit M. Madock; et il s'éloigna.

Mistress Madock resta anéantie. Cet argent, elle l'avait vu la veille de grand matin; bien des fois elle s'était aperçue des petits larcins qu'Allan prélevait sur sa bourse, et jamais elle n'en avait dit un mot à son père : mais enlever le pain des pauvres! Elle ne craignait plus la mort pour son fils; elle craignait bien plus. Pour la première fois elle avait menti à son mari, afin de ne point l'affliger : cette faute retombait sur la tête d'Allan.

A cette heure il n'en était guère tourmenté. En compagnie de son camarade Evans, il se régalait le long de la route avec l'argent que l'un avait pris à son père, et l'autre aux pauvres.

Tout était mangé à peu près quand ils arrivèrent à Bristol. En entrant dans cette ville si commerçante, si animée, où ils marchaient au milieu d'une foule qui ne les regardait pas, ils commencèrent à revenir de leurs rêves dorés. Tant qu'ils avaient été sur la grande route ne voyant que de rares et pauvres villages, des arbres et le ciel, leur imagination avait pu se faire un tableau merveilleux de la ville, un véritable conte des mille et une nuits, où tout bien leur arriverait à souhaits; mais quand ils se trouvèrent perdu, dans les flots de cette population affairée qui les coudoyait, eux qui erraient sans asile, ils commencèrent, non à se repentir, mais à se demander ce qu'ils allaient faire.

— Nous irons aux colonies, répondit Allan à une des questions que lui adressait Evans en lui montrant un bâtiment près de mettre à la voile dans le port.

— Oh! non, non, pas moi! je ne veux point m'embarquer. On peut bien trouver à terre de quoi vivre demain. Allons à Londres!

— Mais comment?

— A pied.

— Mais comment nous nourrir en route?

Evans devint pensif et Allan réfléchit de son côté. Leur situation morale était critique. Dans la détresse où ils se trouvaient, eux qui s'étaient déjà procuré de l'argent sans scrupule, que n'étaient-ils point capables de projeter? C'était le dernier pas sur le bord de l'abîme.

S'ils s'étaient dit alors : — Retournons au pays, demandons pardon à notre père, à notre mère; rendons aux pauvres ce que nous leur avons pris! ils se sauvaient et pouvaient rentrer par le pardon dans la bonne voie.

— Hé bien! nous irons à Londres, reprit Allan. Nous mendierons, nous pourrons dire que nous sommes de pauvres malheureux orphelins.

— Fi donc! répondit Evans.

On croira peut-être que c'est l'idée de mentir qui le révoltait ainsi; non point : c'était la pensée de mendier.

La nuit était venue, et, avec quelques pièces de cuivre qui leur restaient, ils allèrent prendre logement dans une auberge de la plus vilaine rue de la vieille ville. C'était un pauvre gîte, et par conséquent un gîte de pauvres au milieu desquels se glissaient des voleurs de profession pour les tenter et les amener à mal en leur offrant du pain. Allan et Evans y furent pris tout aussitôt : on leur promettait des places dans une entreprise qui se formait, et, en attendant, on leur faisait mener joyeuse vie ; puis, quand la bande vit les deux novices accoutumés à ce bien-être qu'on leur avait procuré, on les entretint des moyens qui leur permettaient de continuer cette douce existence, et ils ne reculèrent pas d'effroi. Il s'agissait de se glisser dans les foules et de voler les bijoux, les diamants, les tabatières d'or.

Allan, qui n'avait pourtant pas craint de dérober l'argent des pauvres, hésita lorsque, pour la première fois, Evans lui poussa la main dans une poche entr'ouverte où brillait une guinée. Le premier pas était fait et la troupe félicita le jeune novice quand il lui rapporta le fruit de son coup d'essai. Allan avait cependant été profondément terrifié par son action et la crainte de la justice des hommes. Il voulut le lendemain se mettre en route pour son pays, mais Evans l'en détourna, le retint, lui fit honte, et de petits vols se renouvelèrent. Allan y devint adroit ; il se fit à cette vie oisive et aventureuse à la fois, on tombe si vite !

Un jour, le chef de la troupe leur parla d'une expédition plus sérieuse, sinon plus coupable ; d'un vol avec effraction chez un jeune négociant nouvellement établi dans la ville. Allan et Evans entendirent sans horreur

tous les détails du crime projeté, et de la part de *travail*
confiée à chacun. C'est ainsi qu'ils apprirent qu'ils seraient *les enfants perdus* et tireraient, comme le chat de
La Fontaine, les *marrons du feu*. Pour arriver à les y décider, on vanta leur force, leur adresse, leur intelligence,
leur courage ; la flatterie, ce serpent invisible, qui, toujours rampant à nos pieds, finit pour nous entraîner
dans l'abîme qu'il creuse, la flatterie les perdit : ils con-
sentirent.

La nuit fixée pour le crime était arrivée ; le chef conduisit sa troupe dans une taverne, puis au théâtre, en
attendant l'heure fatale. Allan avoit d'abord accepté sans
hésiter le rôle que lui confiait la bande, comme une marque de distinction dont il se sentit misérablement fier ;
mais plus l'heure approchait, plus il était ému, agité,
inquiet. Pour la première fois depuis son départ de Lanberis, il pensait à son père, à sa mère. Ces images sa-
crées ne pouvaient apparaître dans son esprit sans éloigner la pensée du crime.

— Non, non, je ne veux plus ! dit-il à Evans, quand, à
minuit sonnant, il se vit à la porte que l'on allait forcer.

— Comment, tu ne veux plus ! tu es donc un poltron ?
lui répondit son camarade ; du courage ! du courage !

Avec la peur de paraître lâche lui revint le hideux courage du crime ; comme si la main qui laisse tomber le
poignard du meurtre ou se ferme devant le sac d'argent
qu'elle allait prendre n'était pas saisie de la plus noble
des lâchetés ! Est-ce donc une lâcheté que la honte, une
lâcheté que le souvenir sauveur de son père et de sa
mère au bord du précipice, une lâcheté que les remords?

Allan le crut, et ce fut sa perte. Déjà la porte de l'allée

avait été crochetée, le chef de la bande, ayant placé ses
hommes en observation, conduisit Allan et Evans au bas
d'un escalier qui menait à la caisse ; puis il leur remit
de fausses clés fabriquées sur les empreintes des ser-
rures de la porte et du coffre-fort. Il fallait que cette opération se fît sans bruit, car la chambre à coucher de
M. Griffith était immédiatement voisine de la caisse.

Allan et Evans gravirent, d'un pas qui n'était guère
assuré, l'escalier dont les marches cirées semblaient
glisser sous leurs pas tremblants. Ils arrivèrent enfin à
la porte, et là s'engagea une lutte muette, terrible, entre
Allan et Evans, pour savoir lequel des deux ouvrirait la
porte, leurs mains étaient également vacillantes. Evans
tendit ses doigts dans l'obscurité. Sinistre jeu de la
courte-paille, en ce moment! — Allan fut condamné par
le sort.

La clé mal mise dans la serrure produisit un bruit
assez fort, et les sentinelles distribuées dans l'allée ou
sur l'escalier, Evans, Allan, tous se crurent perdu.

Par malheur pour M. Griffith, il dormait bien et était
dans toute la profondeur du premier somme. Bref la
porte était ouverte : restait le coffre-fort, et, de nouveau,
Allan fut condamné à y mettre la clé.

Pendant cette odieuse action, mistress Madock rêvait
peut-être de lui, car aucune de ses nuits ne se passait
sans un pareil songe. Elle avait bien réussi à persuader
à son mari que l'argent des pauvres avait été précédem-
ment employé, et elle expiait ce mensonge par des charités faites secrètement; mais elle avait la désolante
conviction qu'Allan avait pris le fond sacré des aumônes.
Cette pensée ne la quittait plus : Un fils voleur! Si en-

core cette ignominie de son enfant pouvait n'être que pour elle seule et rester enfouie dans le secret de son âme; mais son père la connaîtrait sans doute un jour, et il le maudirait, lui! ce serait presque la maudire.

Et quand il n'aura plus cet argent odieusement acquis, que fera-t-il? se demandait-elle avec épouvante. Et alors revenaient les anxiétés de la mère pour la vie de son enfant. — Il mourra de faim, mon pauvre Allan.

Trois mois s'étaient déjà écoulés depuis sa disparition, et M. Madock qui, dans son austérité, était néanmoins le père le plus tendre, n'avait pas encore succombé au désespoir. Cependant il se pouvait, se dit-il, qu'il eût cessé de vivre, et un jour il planta dans le cimetière une croix de bois noir près de celle de ses deux filles.

IV. — Le Voyage

Il était mort en effet, Allan; car au moment même où son père plantait en mémoire de lui la triste croix noire, il était mort à la liberté, à la société, à l'honneur; mille fois plus que mort; — condamné à la déportation! La peine était forte, parce qu'il avait été reconnu que plusieurs petits vols avaient précédé celui-ci, et qu'Allan avait été le principal instrument du crime. Ce qui aggrava peut-être sa position encore et fit que la sentence fut plus rigoureuse, c'est qu'il se refusa obstinément à apprendre à la justice qui il était. Ce fut un sentiment dont nous devons le louer dans son abaissement; il voulait ainsi que ses parents ignorassent toujours son opprobre et que le reflet de son déshonneur n'allât point ternir leur nom si pur et si vénéré. On était alors

en 1787, et il avait été décidé que désormais les condamnés, au lieu d'aller languir et se corrompre dans les
prisons, seraient transportés sur la côte de la Nouvelle-
Hollande, pour en défricher les terres, préparer une
riche colonie à leur patrie, et s'épurer par le travail le
plus noble et le plus innocent, la culture du sol. Les
résultats actuels prouvent que ce fut une pensée de génie.
On s'occupait donc avec activité des préparatifs nécessaires
pour cette première expédition. Les bâtiments de trans-
port se chargeaient de charrues et de tous les instruments de labourage, tandis qu'un autre navire se trans-
formait en prison pour recevoir les déportés.

De ce nombre était Allan, condamné à dix années de
travaux publics, au terme desquelles une portion de terre
devait, ainsi qu'aux autres, lui être concédée pour être
cultivée librement par lui, mais sans qu'il pût jamais
songer à revoir l'Angleterre. Evans était condamné à la
même peine que lui, et elle aurait dû être plus sévère,
car il fut le tentateur qui replongea Allan dans l'abîme
au moment où il en voulait sortir.

Après une assez longue détention à terre, solitude
pendant laquelle Allan eut le temps de contempler l'a-
bîme où il s'était jeté et d'en sonder la profondeur, les
navires mirent à la voile. Avant de monter à bord, Allan
avait mille fois été sur le point d'écrire à son père, à sa
mère, à son frère, pour leur demander grâce, pardon;
mais il fut toujours retenu par la crainte de leur briser
le cœur en leur annonçant son ignominie. Il aima mieux
qu'ils le crussent mort.

Sur le navire, on sépara Allan de ses complices. Souvent il regretta d'être éloigné d'Evans; c'était lorsque le

vaisseau venait à passer devant quelque île qui lui rappelait Anglesey, ou doublait quelque pointe de terre semblable à celle qui avance dans la baie de Cardigan; car alors il aurait aimé à faire partager ses illusions à son compatriote. Il ne pouvait s'en taire. M. Davids, l'aumônier, natif du pays de Galles, qui, avant de s'embarquer, était pasteur de Saint-Asaph, entendit ses exclamations, fixa son attention sur lui et crut reconnaître les traits du pasteur de Lanberis. Il chercha à s'en assurer : personne ne le satisfit, Allan moins encore qu'un autre; mais Evans avait été dans la confidence entière de celui qu'il avait entraîné, et c'est de lui que M. Davids apprit qu'Allan était bien en effet le fils de M. Madock. L'aumônier eût voulu le savoir de la bouche même du jeune déporté; cependant il ne put jamais obtenir de lui cet aveu qui, toutefois, lui échappait à tout propos d'une autre façon. Un clocher qu'ils aperçurent au loin, dans les ombrages de Madère, lui apparut comme le clocher de Lanberis : il le dit tout haut. Dès qu'il vit le pic de Ténériffe, il ne manqua pas de lui comparer le Snowdon.

Quand ils eurent dépassé les îles du cap Vert, et que les condamnés se trouvèrent hors de la portée de tout rivage, on fut moins sévère avec eux; ils pouvaient plus fréquemment et pour plus longtemps monter sur le pont, et comme il était nécessaire qu'ils prissent de l'exercice, un Écossais les faisait danser au son de la musette. Mais cette danse, dont leurs fers marquaient la mesure, était d'un effet bien morne. On se rappelait alors les rondes libres sur le gazon de la pelouse, et puis l'on était plus triste encore quand il fallait redes-

cendre dans l'entrepont, entassés, chacun ayant à peine
une place de seize pouces carrés, enchaînés, ne voyant le
ciel et la mer que par les étroites fenêtres ou lorsqu'une
écoutille venait à se lever.

Quand les déportés étaient tous ainsi enfermés, il était
impossible à la surveillance de M. Davids d'empêcher
les conversations perverses et les souvenirs corrup-
teurs. C'était alors à qui se vanterait de ses criminelles
prouesses, et raconterait l'habileté de ses vols ou de ses
larcins : on allait même jusqu'à jouer une bien triste
comédie, celle du jugement et de la condamnation de
chacun. Allan se mêlait quelquefois à ces divertisse-
ments sinistres. Il était bien à désirer que le voyage finît
pour que l'on pût donner à ces hommes un travail salutaire; car ils se perdaient de jour en jour.

Enfin, après deux mois passés en pleine mer, Allan
fit remarquer, le premier, une branche d'arbre et des
touffes d'herbes qu'apportait le courant. Bientôt on aperçut la terre de Van Diémen, que d'autres appelaient à
bord la Tasmanie; puis les bâtiments, grâce à un vent
favorable, entrèrent dans le détroit de Bass.

La mer était si douce et la brise si caressante, que le
navire put longer de très près la côte de la Nouvelle-
Hollande que, depuis tant de jours, chacun désirait si
ardemment. Bien que la plupart des déportés fussent
paresseux et sussent que le travail les attendait à terre,
l'homme a un tel besoin de mouvement, de grand air et
de soleil, qu'ils saluèrent d'un cri de joie unanime le
premier aspect du rivage suspendu d'une manière pitto-
resque au-dessus des flots. C'était d'abord une dune de
sable blanchâtre, derrière laquelle s'élevaient en amphi-

théâtre des masses d'une verdure éternelle au milieu
desquelles le soleil étincelait dans les clairières. Allan,
qui, sur le désert des eaux, avait peut-être conçu quelques graves pensées qui pouvaient le mener au repentir,
les oublia pour se réjouir à la vue de ces beaux arbres,
de ces vallons verdoyants, de ces petits lacs que l'on entrevoyait à travers les forêts peu épaisses. C'est ainsi
qu'il s'était figuré les colonies et qu'il se les représentait
dans les moments où le saisissait le frénétique désir de
quitter ce toit paternel sous lequel il eût pu être si heureux et si honoré. De temps à autre, on voyait s'élever
du milieu de ces bois de petites fumées qui annonçaient
la présence de l'homme, et Allan était tout prêt à s'en
réjouir si ses camarades n'avaient murmuré entre eux,
en pâlissant, des paroles effroyables sur l'usage que ces
sauvages faisaient souvent de leurs feux et de leurs bro-
ches. Allan en fut tellement saisi, qu'il poussa un cri de
terreur en voyant, sur une petite langue de terre, un noir
qui sortait d'un taillis. Une demi-lieue de mer les sépa-
rait; cependant Allan trembla comme s'il voyait déjà les
dents du sauvage le menacer.

On passa devant la baie botanique (*Botany-Bay*) que
Cook nomma ainsi, à cause de la belle collection de
plantes qu'y recueillit son équipage; et, à trois lieues de
là, on entra dans une autre baie appelée le *Port-Jackson*,
gardé par deux promontoires élevés et qui vont en se
renflant; on dirait deux têtes énormes. On apercevait
déjà, au fond de la baie, deux blanches constructions
entre les arbres : c'était d'abord la maison que l'on avait
préparée pour le gouverneur, et puis il n'est pas difficile
de deviner, d'après la composition de l'équipage, que

l'autre maison était une prison. Plus les navires avançaient à l'ouest vers ces habitations dans *Sydney-Cove*
(l'anse de Sydney), plus les rivages s'élevaient à pic,
coupés de distance en distance par de petites baies pittoresques, aux bords de sable blanc semés de verdure,
qui s'ouvraient à droite et à gauche; ou bien c'étaient
des vallées étroites d'où s'élançaient des rochers de toutes les teintes et par où descendaient, vers la mer, des
filets d'eau étincelant au soleil.

La beauté du paysage allait toujours croissant; mais
l'aspect de cette prison avait tout flétri aux yeux des
déportés : l'éclatante verdure était terne, le ciel d'azur
avait des nuages, et la clarté radieuse du soleil était pâle
à leurs regards. C'est ainsi que la conscience troublée ne
laisse rien voir de beau ni rien sentir de bon à l'homme.

Les navires arrivés à leur destination jetèrent l'ancre,
et les chaloupes mises à la mer opérèrent le débarquement.

V. — Avis aux Déportés

Quand tous les condamnés furent à terre, les fers aux
pieds, le gouverneur les fit ranger en demi-cercle, en-
tourés d'une haie de soldats, devant la prison, et alors
M. Davids, l'aumônier, leur adressa la parole :

« Commençons par remercier le Ciel, mes enfants,
de la faveur qu'il nous a accordée en nous sauvant du
péril de la longue navigation que nous venons d'achever.
Enfin vous êtes à six mille lieues de la terre que vous
avez souillée par vos crimes; et l'autre monde, celui
que vous avez offensé, est sous vos pieds de l'autre côté

du globe. Regardez autour de vous, ce ne sont plus les
mêmes plantes, ce ne sont plus les mêmes arbres : cette
nature vous accuse moins que celle que vous avez quittée. Oui, mais le grand accusateur qui est là, dans le
cœur, il vous a suivi partout comme ce même soleil.
Contemplez avec repentir ce soleil qui vous a vus commettre vos crimes et la conscience que vous n'avez pas
écoutée alors. Votre pays a eu pitié de vous, et, au lieu
de la mort, au lieu de la prison ténébreuse, il vous donne
ici l'air, le soleil, le moyen d'être utile, et de vous corriger en faisant le bien. Vous voyez de toutes parts à
l'horizon ces épaisses forêts ou ces vastes prairies déser-
tes. Ce sol est couvert de plantes entassées qui, depuis
l'arbre jusqu'à l'herbe rampante, s'étouffent et ne pro-
duisent rien de bon pour l'homme. Il en est de cette
nature comme de vous, mes enfants. Vous avez tous une
âme qui renferme du bien au fond, mais ce bien vous
l'avez laissé étouffer et disparaître sous mille penchants
mauvais que la paresse, le pire de tous les vices, a laissés croître au point qu'ils ont empêché les bonnes pensées d'arriver d'en haut jusqu'à cette âme pour la fécon-
der, comme ces forêts épaisses empêchent les rayons
fécondants du soleil de pénétrer jusqu'à la terre. —
Tournez-vous et regardez !

M. Davids leur montrait en même temps les charrues,
les herses, les pioches et tous les instruments de labourage et d'agriculture que l'on venait de débarquer.

Regardez bien ! voici de quoi délivrer cette terre des
plantes parasites qui la privent de l'action du soleil ; voici
les socs qui fendront le sol trop compact, le pulvériseront
à la surface et iront chercher au-dessous l'*humus*, la

terra fecunda. Apprenez par ces travaux que vous pouvez de même déraciner les penchants vicieux qui empêchent les bonnes influences d'arriver jusqu'à vos âmes, et ramener à la surface le bien qui y est comprimé et suffoqué par des pensées et des volontés coupables. »

M. Davids vit avec plaisir que les auditeurs paraissaient tous plus ou moins émus. Il observa cependant bientôt avec peine que le discours du gouverneur leur fit évidemment une plus profonde impression; ils étaient encore plus accessibles à la parole menaçante qu'à la parole douce et calme.

« Condamnés, leur dit le gouverneur, si vous ne faites pas, comme je l'entends, ce que vient de vous recommander M. l'aumônier, retournez-vous et regardez la prison... N'allez pas croire cependant qu'on vous y laisse oisifs, vous y travaillerez dans les fers. Sur toutes choses, qu'aucun de vous, quand il sera au travail dans les bois, ne cherche à s'évader vers l'intérieur. Si c'est nous qui le reprenons, il sera fusillé; s'il tombe dans les mains des indigènes anthropophages, c'est sous leurs dents qu'il disparaîtra. »

Cette courte harangue fit frémir tous les condamnés; c'était vraiment l'enfer qu'elle leur montrait, tandis que celle de M. Davids leur montrait le ciel après le repentir.

VI. — Travaux.

On divisa les condamnés en escouades ou chaînes; à la tête de chacune fut placé un sous-officier de la garde qui les avait accompagnés. Cet inspecteur était armé d'un énorme bâton qui devait tenir en respect la paresse et stimuler le zèle des travailleurs. Précaution bien avilissante pour eux, d'autant plus qu'elle ne fut pas inutile; et que plus d'une fois le bâton vint tomber sur les épaules d'Allan comme sur celles de bien d'autres.

Allan! Allan! quand, après quelque faute, prélude du crime qui vous a amené ici, qui n'était punie que par les tendres gronderies de votre mère, vous rêviez au climat enchanteur des îles, aux colonies, à la vie oisive à l'ombre des fraîches forêts; quand, naguère encore, ces forêts apparaissaient à votre œil réjoui, vous vous faisiez une fête d'y pénétrer et d'y vivre. Vous y voilà actuellement, et n'est-il pas vrai que, sous le bâton du commandeur, vous regrettez les représentations amicales qui vous révoltaient de la part de votre famille? Vous auriez pu, en grandissant honnête et bon, être le cultivateur du petit champ paternel : défricher, labourer, ensemencer le sol qui était à vous, et recueillir les fruits qui vous appartenaient. Vous ne l'avez pas voulu! Eh bien! travaillez sans relâche sous le soleil ardent, sous le bâton : point de repos; fondez cette argile durcie par les sécheresses, préparez-la à recevoir le grain qui ne fructifiera point pour vous; expiez votre faute.

C'est ce que nous dirions à Allan et ce que lui criaient de toutes parts le bâton du commandeur, le soleil dévorant; les troncs d'arbres énormes qu'il fallait abattre à coups de haches, et les souches cramponnées par mille racines aux profondeurs du sol.

Dès cinq heures du matin, qui correspond à peu près la même heure du soir en Europe, il fallait être au travail; la journée avait peu de moments de repos. A la nuit seulement, qui arrive tout à coup, dès que le soleil disparaît,

3

par ces latitudes, on cessait de piocher la terre dure, d'abattre les arbres, et d'en faire des poteaux destinés à désigner les rues et les limites de la ville que l'on fondait. Quand fut défriché le terrain que devait occuper plus tard la riche Sydney, ville de plus en plus florissante, on avança vers l'intérieur à travers la forêt. La scie, la hache étaient les armes de ces bandes de défricheurs qui mettaient en fuite les perroquets aux mille couleurs, les faisans dorés chassés de leurs nids, des volées d'autres oiseaux inconnus aux cris étranges.

M. Davids, qui s'était occupé d'agriculture, aimait à suivre ces travaux, et à les diriger de manière à en tirer des enseignements. Ainsi, quand les bois étaient épais, il ordonnait de laisser çà et là quelque arbre isolé.

— Il sera nécessaire plus tard, mes enfants, leur disait-il; car ce sol dépouillé de ses bois, comme un homme de son manteau, aura plus froid en hiver et plus chaud en été. Qui le garantira du vent et des ardeurs du soleil? Il faut penser au laboureur qui vous succédera et qui viendra se reposer sous cet ombrage. Conservez cet arbre, c'est une bonne action. Il donne peu d'ombre en ce moment, dites-vous, et ses branches ne s'étendent point comme des bras qui protègent et bénissent : cela viendra. Cet arbre, pressé par les masses qui l'entouraient, n'avait pas de place pour se développer et respirer librement — car un arbre respire par toutes ses feuilles, — il a donc fallu qu'elles s'élevassent pour chercher de l'air, comme, dans une foule, un homme s'élève pour reprendre haleine au-dessus des têtes qui l'étouffent; mais une fois hors de cette foule, il respire, il s'étend, il s'épanouit; cet arbre fera de même, et je vous

prédis que bientôt ses rameaux déployés pourront abriter
vingt hommes. Vous aussi, vous ferez ainsi que cet
arbre. Dans votre société perverse de Londres, vous étiez
serrés, pressés, étouffés, poussés à la violence pour respirer, au mal pour vivre. Ici l'espace, le soleil sont à
vous, et vos âmes peuvent s'épanouir au bien.

Quand ensuite un arbre était abattu et que la scie en
avait partagé le tronc en tronçons, M. Davids jetait dans
l'ébahissement tous les déportés en leur disant l'âge de
cet arbre. On le prenait pour un devin.

— Devin! mes enfants; personne ne l'est et ne l'a
jamais été sur la terre. Le meilleur devin est celui qui
observe le mieux ce qui est en lui et autour de lui; il
s'observe pour se corriger, il observe ce qu'il voit pour
apprendre.

Alors il leur montrait comment, dans le tronc, autour
du cœur de l'arbre, qui date de sa première année, des
couches circulaires allaient toujours se succédant et
s'agrandissant jusqu'à l'écorce. — Ces couches, mes
amis, sont le produit d'autant d'années de végétation,
leur disait-il. C'est ainsi qu'autour de la pierre que vous
lancez dans l'eau, se forment des cercles toujours plus
étendus, que vous appelez des *ricochets*; c'est ainsi qu'autour de la première année de l'homme, qui est son âge
le plus tendre, viennent se ranger, en cercles successifs,
les années de l'enfance, de l'adolescence, de la jeunesse,
de l'âge mûr, de la vieillesse, tout à fait comme dans
cet arbre : ici c'est à l'écorce qu'elles s'arrêtent; chez
l'homme, c'est à ce jour suprême dont nul ne connaît la
date, mais pour lequel il faut être prêt.

Ces conversations pendant le travail, ces exhortations

appuyées d'un exemple sensible à tous les yeux tou-
chaient les condamnés. La voix de M. Davids les ranimait
quand ils succombaient sous le travail ; tous l'aimaient,
et personne plus qu'Allan qui voyait en lui son pays, et
ne pouvait, en le regardant ou en l'écoutant, avoir d'autre pensée que celle de sa famille. C'était déjà un retour
au bien : car il se demandait alors ce que son père et sa
mère avaient pu penser en ne le voyant pas revenir ; puis
il se rappelait mille paroles qui ne l'avaient point frappé
quand il les entendit pour la première fois, mais qui re-
tentissaient maintenant dans sa mémoire. Combien de
fois son père, quand mistress Madock énumérait ses
embarras domestiques, lui avait répondu qu'ils possé-
daient la plus grande richesse, une conscience pure et
une vie sans reproche. — Oh ! ajoutait alors M. Madock,
je mourrais de douleur si un de mes enfants venait à
commettre une mauvaise action. A ce souvenir, Allan
croyait voir s'arrêter sur lui le regard de M. Madock, et
entendre cette parole de malédiction ; car quelle malédiction plus terrible que celle de causer la mort de son
père ?

On avançait lentement dans les bois ; après un an de
travail, on n'était qu'à quelques lieues de la côte. Outre
la lenteur des opérations de défrichement, des précautions devenaient nécessaires à cause des sauvages qui
attaquaient souvent en force les petits détachements.

Pendant qu'on travaillait en paix, une grêle de flèches
survenait parfois du fond de quelque taillis, et il fallait à
tout moment envoyer les soldats à la poursuite des noirs
pour les contraindre à abandonner ce sol fertile dont ils
ne savaient tirer aucun parti.

Quelquefois dans ces travaux si pénibles et si durs les déportés trouvaient une occasion de s'égayer. Quand on rencontrait des rangées d'arbres bien alignées comme on en voit sur les promenades, et ainsi que la nature en a disposés souvent dans les forêts de la Nouvelle-Galles du Sud, on donnait un coup de scie à chaque arbre jusqu'à moitié de l'épaisseur du tronc ; puis l'arbre qui était à la tête de cette rangée était déraciné et abattu sur son voisin déjà un peu ébranlé, le second, sous le poids du premier, tombait sur le troisième, et ainsi de suite.

Alors tous ces malheureux se rappelaient leurs années de jeunesse et d'innocence où ils jouaient aux *capucins de carte* ; alors M. Davids leur faisait voir dans la chute successive de ces arbres, l'un par l'autre, un effet analogue à celui des mauvaises compagnies qui avaient dû les entraîner au mal. — Il suffit, mes enfants, d'un cœur pervers pour en gâter cent autres; il les corrompt et les flatte, il les gâte par degrés ; et quand ils ne tiennent plus que par un fil au bien, un jour il s'abat dessus en maître, et tout tombe à la fois.

C'était l'histoire d'Allan, d'Evans et de leurs compagnons de crime.

C'était encore une joie pour les déportés que de mettre le feu à ces troncs brisés et aux branchages entassés. On y jetait un tison allumé. La flamme gagnait vite dans ces bois presque tous résineux; elle pétillait, elle flottait, elle s'élevait tantôt blanche, tantôt dorée; le feu se communiquait de tas en tas. L'incendie devenait immense, et M. Davids leur montrait, après cette conflagration effrayante, la terre fertilisée par les cendres et les sels fécondants qu'elles renferment.

Pendant que M. Davids se livrait devant ces grands
bûchers flambants, à ses leçons d'agriculture, il n'était
pas rare qu'il fût interrompu par un son prolongé sorti
du fond des forêts.

— Cou — i ! Cou — i !

C'était le cri des sauvages qui croyaient, en voyant de
loin ces flammes, apercevoir un signal ; l'incendie des
forêts ou des hautes herbes leur sert souvent à se rallier.
Il fallait voir alors la terreur se répandre dans les rangs
des déportés au souvenir de la terrible allocution du
gouverneur qui avait eu pour but de les empêcher de
fuir à l'intérieur. Deux années cependant après leur arrivée, l'un d'eux avait trouvé le moyen de s'échapper.

On voyait du haut d'une éminence, à l'horizon le plus
lointain, une ligne bleuâtre. Un Irlandais, en la contem-
plant, avait souvent dit que ce devait être les montagnes
de son pays : Allan l'avait entendu, sans sourire, expri-
mer cette absurde espérance ; dans son ignorance il en
avait conclu que si ces montagnes étaient celles de l'Irlande, le pays de Galles ne devait pas être loin. Bref,
l'Irlandais ne pensait plus qu'à cette chaîne bleuâtre
aperçue à l'horizon ; il ne voyait plus qu'elle, et un matin
on ne le retrouva plus : il était parti pour l'Irlande, en
s'enfonçant dans les forêts de l'Australie !

Comme, au bout de quelques mois, on ne le vit pas
revenir, chaque déporté, et Allan le premier, conclut qu'il
était rentré dans son pays. Il eût été plus naturel de conclure qu'il avait était dévoré par quelque cannibale ou
quelque bête féroce ; mais la passion, jointe surtout à
l'ignorance, ne raisonne point. On trouva qu'il avait été
bien heureux de se sauver, et l'on ne pensa plus qu'à

retourner en Angleterre, en Europe et au pays de Galles.

La terre, comme l'avait prédit M. Davids, fut très fertile pendant ces deux premières années; le petit territoire cultivé donna quatre récoltes. Cette abondance, dès qu'elle fut connue en Angleterre, y attira des émigrants, et, comme ils avaient le droit de choisir leurs serviteurs parmi les déportés les plus rangés, un d'eux vint en demander quelques-uns, au nombre desquels se trouva Allan.

Cependant il n'était pas encore assez corrigé pour pouvoir se passer du joug d'une discipline inflexible. Le planteur lui laissa plus de liberté et il en abusa pour redevenir paresseux; il ne pensait plus qu'à cet Irlandais qui, à coup sûr — il n'en doutait pas, — avait rejoint son pays. Son maître se vit enfin obligé de le menacer de le de le rendre aux chaînes du gouvernement.

VII. — Mon Fils voleur!

Cette menace frappa Allan de terreur. Etre encore attaché aux chaînes du gouvernement pour défricher du matin au soir! Il résolut de se soustraire à ce danger, non en faisant mieux, ce qui lui eût ramené l'estime de son maître, mais en prenant la fuite comme avait fait l'Irlandais. M. Davids, par sa présence seulement, l'eût peut-être détourné de ce projet; mais il était parti pour retourner en Europe. Allan le regrettait. Rien ne put le retenir.

S'échapper, c'était désobéir encore et manquer de résignation au châtiment qu'il avait mérité; c'était une faute de plus, et ce ne fut point la seule. Il lui fallait des provisions, des armes, des munitions; il déroba tout cela, plus une boussole. Un soir, quand tout le monde fut couché dans l'habitation, Allan partit à la clarté d'une lune radieuse, dans la direction des montagnes.

Quand Allan prit ce parti désespéré, M. Davids était en mer depuis quatre mois. Le vent avait toujours été favorable; le navire qui le portait venait de dépasser l'île de Madère. Il allait donc revoir bientôt sa chère petite ville de Saint-Asaph.

A quelques lieues de là, la petite habitation de Lanberis, si triste depuis longtemps, venait de reprendre un peu de bonheur. M. Madock et sa femme, bien persuadés qu'Allan était mort, lui avaient pardonné et soignaient les fleurs de sa tombe comme celles qui croissaient sur ses innocentes sœurs. Meredith était leur consolation. Ses progrès avaient été si rapides, qu'à vingt-trois ans l'évêque de Bangor venait de le consacrer et de l'adjoindre à son père en qualité de vicaire. C'était là toute la félicité désirable en ce monde pour M. Madock, et la pauvre mère faillit s'évanouir de joie en entendant le premier sermon prononcé par son fils. A cette joie cependant était venue se mêler une pensée douloureuse. Rien ne peut arracher du cœur d'une mère le souvenir des enfants perdus. Son bonheur n'eût été complet que si elle eût écouté son fils, au milieu de ses deux filles et d'Allan. Le souvenir de ce dernier était le plus amer; il l'eût été bien plus si elle eût connu ses misères actuelles.

Plus Allan avançait dans l'intérieur, plus il s'égarait. Il avait entendu dire que la boussole marquait toujours le nord; et il savait que l'Europe était au nord-ouest de la Nouvelle-Galles du Sud : c'était donc cette direction qu'il

fallait suivre au moyen de l'aiguille aimantée; mais il
ne savait pas qu'elle ne montre jamais exactement le
nord, et que, selon les temps et les lieux, elle varie et
décline à l'est ou à l'ouest. Peu lui importait ; il marchait intrépidement vers le point que l'aiguille indiquait.
Armé de son fusil de chasse, portant à sa ceinture de
quoi faire du feu, et dans sa carnassière des biscuits
qu'il avait volés à son maître, il allait devant lui comme
si, arrivé à ces montagnes qu'il voyait à l'horizon, il
devait se trouver dans le pays de Galles. S'il eût un peu
connu la carte du monde, il aurait prévu au nord-ouest,
au-delà de ces montagnes, cinq cents lieues à peu près à
parcourir à pied, à travers des marais sans fin, des forêts
vierges ou peuplées de cannibales. Cette perspective lui
eût donné à réfléchir.

Admettons qu'il parvienne à faire ce trajet. Le voilà
arrivé à la côte nord-ouest, à l'autre extrémité du conti-
nent australien, et devant lui la mer. Qu'un vaisseau
passe par fortune et le recueille comme un naufragé,
qu'il le porte à Bornéo, ce sera un grand pas de fait. Il
aura encore cent cinquante lieues de mer pour atteindre
l'Asie. Qu'un autre bâtiment les lui fasse franchir, il
n'aura plus que cinq mille lieues à parcourir avant d'entrer dans le canal de Saint-Georges. Et c'est avec un
approvisionnement de biscuits pour quinze jours qu'il
s'est mis avec toute confiance en route !

Il suivait depuis quelques jours le cours d'une rivière
qui descendait rapidement vers la mer. Il conclut de sa
vitesse qu'elle venait droit des montagnes, et se regardait déjà comme en bon chemin ; il remontait donc gaî-

ment ses rives couvertes d'une herbe magnifique et d'une luxuriante végétation.

Il mangeait avec ses biscuits, qu'il ne ménageait pas assez, les chapelets de larmes de gomme qui luisaient au soleil sur les branches des acacias; il dormait quelques heures, pendant la plus grande chaleur du jour, sous les *casuarinas* au feuillage tombant et échevelé, comme les saules pleureurs de nos pays.

Tant que le jour durait, il allait de bon cœur, quoique ses provisions commençassent à s'épuiser, mais il se rassurait en voyant les cocos, les bananes, les fruits sauvages de toute sorte qui chargeaient les arbres. Mille oiseaux divers voletaient dans les bois; il avait un fusil et tirait bien. Les gommiers, à l'écorce déchiquetée et en lambeaux, qui s'élevaient comme des troncs morts au-dessus des fourrés d'arbres verts, lui assuraient une nourriture abondante. Il cheminait donc, souriant et insoucieux, tant que le soleil faisait étinceler les roches de mica qui brillaient au milieu des forêts. Mais quand la nuit venait, quand les glapissements des courlis ou les cris des écureuils-volants annonçaient son approche, l'inquiétude le gagnait, tout brave qu'il fût. Alors il allait s'établir sur un arbre : heureux si le renard-volant, chauve-souris si hideuse, qu'un matelot de Cook la prit pour le diable, ne venait pas le réveiller d'un coup d'aile, ou si les fourmis qui rongent et réduisent en poussière tout l'intérieur d'un arbre, n'épargnant que l'écorce qui se soutient et végète quand même, n'attaquaient pas ses vêtements et sa peau.

Souvent il apercevait du haut de son arbre, à l'horizon, une lueur ondoyante : c'était quelque forêt incendiée

par les naturels, et le terrible *cou-i !* arrivait jusqu'à son
oreille. Alors il pensait à ce qu'il allait devenir; il regrettait la chaîne, la maison du planteur, et, plus encore,
le séjour de Lanberis.

Et c'était peut-être à la même heure que se passait à
Lanberis la scène que nous allons raconter.

M. Davids était à peine rentré à Saint-Asaph, qu'il
reçut en récompense de son voyage à Port-Jackson, sa
nomination à la cure de Chester; et en même temps
Meredith était appelé aux fonctions de pasteur à Saint-
Asaph, à la place de M. Davids. Quelle fête ce fut dans
la famille Madock, on peut le comprendre.

Meredith, son père et sa mère, se livraient depuis trois
jours à cette joie si pure, quand un matin ils virent arriver M. Davids qui venait pour mettre Meredith au courant de ses nouvelles fonctions. Il n'est pas besoin de
dire avec quel empressement mistress Madock prépara
pour le visiteur le déjeuner et le dîner le plus choisis
qu'il fût possible d'improviser dans ces montagnes. Ce
jour-là, le pain d'orge ou d'avoine fut banni de la table
pour faire place au pain de froment; un des lacs voisins
fournit une truite excellente, et, au lieu du lait de beurre
mêlé d'eau qui d'ordinaire arrosait un plus frugal repas,
la maîtresse de la maison servit un pot de bière brassée
au logis. Le rôti fut un quartier de gibier fumé, que l'on
détacha de la branche d'osier qui le tenait suspendu au
plancher. La pauvre mistress Madock, en le plaçant sur
la table, soupira au souvenir du goût qu'Allan avait pour
la chasse.

Pendant tout le repas la conversation roula sur la paroisse de Saint-Asaph. Mais quand vint le dessert,

M. Davids s'arrangea de façon à parler du lointain voyage qu'il venait de faire. Les questions empressées de chacun sur le sort des déportés et sur la manière dont on les traitait sur cette terre lointaine, lui firent présumer qu'ils voulaient se rassurer sur ce que devenait leur fils, sans cependant parler de lui positivement. Ce devait être pour eux une douleur et une humiliation si poignantes ! Il respecta ce sentiment et répondit par des généralités présentées de manière à leur faire supposer le sort des déportés moins rude qu'il ne l'était en réalité.

Le dîner finit à deux heures, et, comme M. Davids devait coucher à Lanberis, l'après-dînée fut employée par la famille à des promenades dans les environs, aux ruines du château de Dolbader, à celles du cloître de Beddgelert, et dans les gorges plus pittoresques du Snowdon. Du haut de ces défilés, M. Davids remarqua une ressemblance frappante entre le Plinlimmon, qu'on voyait au Sud, et les montagnes bleues qui apparaissaient sur l'horizon à l'Ouest de Botany-Bay.

A la nuit ; on rentra, M. Madock montra avec orgueil sa petite église à son confrère dont il n'enviait pas l'avancement :

— J'aime mon berceau de montagne ; je veux y vivre jusqu'au dernier de mes jours, et que mon corps repose là, sous ce saule, où vous voyez déjà une partie de la famille.

— Oui... deux filles charmantes, Monsieur, reprit mistress Madock, voyant que les larmes suffoquaient son mari ; oui, et, tout à côté, un de leurs frères, mon pauvre Allan !

Alors elle éclata elle-même en sanglots et en larmes.

Meredith pressait les mains de son père et de sa mère pour leur dire :

— Je suis là, vous n'avez pas tout perdu.

Et M. Davids, ému en voyant cette douleur :

— Mais non... mais, ma pauvre mistress Madock... Allan...

Elle ne l'entendit point et reprit :

— Mais qu'ai-je dit ? Sa cendre ne repose point sous cette croix qui n'est qu'un souvenir. Il était parti le matin, Monsieur, il n'est point revenu. Il se sera noyé dans les profondes marnières ou dans la mer. Peut-être s'est-il perdu dans les mines ou brisé au fond d'un précipice.

Tous ces souvenirs faisaient que les pleurs l'étouffaient. M. Madock voulait en vain entraîner sa femme hors du cimetière; et M. Davids éprouvait cette angoisse que tout bon cœur sent à voir pleurer. Il était sur le point de se joindre à elle ; sa tête se troublait.

— Rassurez-vous, s'écria-t-il ; il est vivant... je l'ai vu.

Il avait à peine prononcé ces paroles, qu'il s'en repentit en voyant la joie qui s'était soudainement peinte sur les traits du père, de la mère, du frère ; joie intime, joie pure qu'un autre mot allait flétrir et rendre tristesse et honte.

— Vous l'avez vu ?

— Vous l'avez vu, mon pauvre enfant ?

— Mon frère... où est-il ?

M. Madock, sa femme, Meredith, étaient presqu'aux genoux de M. Davids; ils le suppliaient du regard, et, à défaut de leurs langues rendues impuissantes par le saisissement, leurs yeux demandaient : Où est-il ?

Et plus M. Davids hésitait à leur avouer que leur enfant était souillé, déshonoré, captif, plus ils le pressaient du geste et de la voix. Il se décida enfin à prendre à part M. Madock comme celui qui devait avoir le plus de force pour supporter le coup qui allait les frapper; mistress Madock et Meredith les suivaient du regard.

— Avez-vous du courage? dit M. Davids à M. Madock en lui serrant la main; il en faut pour entendre ce que je vais vous dire. Alors il baissa la voix plus encore; la mère et le fils virent avec anxiété les joues de M. Madock pâlir.

Tout à coup il tomba à genoux et les mains jointes; puis, sans pouvoir prononcer une parole, il étendit ses doigts crispés vers le tombeau d'Allan et en arracha les fleurs et la croix :

— Que faites-vous? mon ami, s'écria mistress Madock en se précipitant vers lui.

— Mon père, mon père! répétait Meredith craignant de le voir saisi d'une subite démence.

— Laissez! laissez! Plus d'ornements, plus de fleurs, plus de signes pieux à sa mémoire. Il n'est pas mort, mais pis cent fois. A Botany-Bay, notre enfant! MON FILS VOLEUR! Je le...

— Oh! pardon! pardon pour lui !

Mistress Madock agenouillée arrêta sur ses lèvres pâles et tremblantes le mot fatal de malédiction.

La soirée fut bien triste; elle l'eût été davantage encore si M. Madock, sa femme et Meredith n'eussent été dans la nécessité de se faire violence pour entretenir la conversation avec M. Davids; mais quand il se fut retiré, cette affliction comprimée éclata plus violente : ce fut une nuit sans sommeil, une nuit pareille à celle où l'on cherchait, où l'on attendait Allan.

Meredith veilla entre son père et sa mère qui, anéantis par la douleur, n'avaient pas la force de dire un mot. Une exclamation s'échappa une seule fois de la bouche de M. Madock, tandis qu'il portait la main sur son cœur.

— Oh! le misérable; et cet argent des pauvres!

Il n'en put dire davantage. Car à ses souffrances morales si poignantes venait de se joindre une douleur physique qu'il avait trahie tout à l'heure par un geste. Le sang, affluant au cœur avec violence, avait tendu les veines où il se précipitait, et en avait affaibli le tissu presque au point de le faire éclater. Dans ce cas, M. Madock fût mort subitement : Il était mortellement frappé, et c'était par la main de son fils! L'anévrisme était là pour ne plus pardonner!

Dès le matin, M. Davids s'apprêta à retourner à Saint-Asaph et dit adieu à la famille éplorée, en s'excusant de la triste nouvelle qu'il lui avait apportée. Les cœurs bons s'accusent de la peine même involontaire qu'ils causent. M. Madock ne prononça point le nom d'Allan, mais sa femme n'eut pas ce courage, et elle interrogea M. Davids avec un intérêt douloureux — tant est excellent le cœur d'une mère! — sur mille détails de la vie d'Allan, et elle apprit de lui et répéta à son mari qu'il se conduisait bien dans son exil, du moins au moment de son départ.

Quand M. Madock et sa femme furent seuls avec Meredith, ils se rapprochèrent de lui, lui pressèrent la main, l'embrassèrent. Ils voulaient lui dire :

— Au moins, tu es bon, honnête, honorable; tu ne nous quitteras pas, toi!

Meredith soupira. Toute la nuit il avait réfléchi à ce qu'il devait faire : il en était à présent bien pénétré.

— Non, je ne vais plus à Saint-Asaph, non ; il faut que j'aille sauver mon frère. Je cours supplier l'évêque de me procurer l'emploi d'aumônier à Botany-Bay, sinon je m'embarque. Adieu, je me rends à mon devoir.

Mistress Madock fondit en larmes à ces paroles inattendues.

— Bien ! bien ! Meredith, lui répondit M. Madock d'une voix émue par des pleurs comprimés ; suis les élans de ta générosité.

VIII. — Le Kangourou

Allan expiait cependant ses erreurs passées dans la misère et la souffrance. Ses provisions étaient depuis longtemps épuisées ; mais, dans ce pays fertile, il trouvait sur les arbres des noix de coco, et sur l'herbe de nourrissants flocons de manne, qu'il recueillait le matin au pied de l'eucalyptus au milieu des gouttelettes de rosée. Il avait encore de quoi apaiser sa faim ; mais sa véritable terreur était causée par les noirs. Jusqu'alors il avait eu le bonheur de leur échapper en montant et se cachant dans les arbres : de là il les avait vus souvent faire leurs repas de poissons et lancer leurs dards aux oppossums gris qui sautaient d'arbre en arbre et de branche en branche ; il faillit même une fois être atteint par une de ces flèches.

Sa position s'aggrava quand, au sortir d'une vaste forêt, il se trouva dans une plaine immense, où ne croissait pas un cocotier, pas un eucalyptus : partant plus de

manne, plus de cocos, plus d'ombre, et le soleil était
dévorant! Il avait bien son fusil au moyen duquel il s'était
procuré de temps en temps un faisan ou un perroquet;
mais, d'abord, comment trouver du gibier dans cette
plaine; et puis, en eût-il trouvé, sa poudre serait bientôt
épuisée comme ses provisions de bouche, et la nécessité
l'avait rendu prévoyant.

Tous ses malheurs avaient eu pour cause une passion
effrénée d'indépendance, qui l'avait poussé à se révolter
contre l'autorité paternelle, contre la soumission qu'il
devait à sa famille. Eh bien! Allan, quand tu étais sur
cette herbe brûlée, étendu, accablé de fatigue, mourant
de faim, ne pensais-tu pas qu'il est plus dur encore de
dépendre du besoin implacable que de la douce autorité
d'un père? Quand tu n'osais pas, pour assouvir ta faim
impérieuse, tirer un coup de fusil de peur d'avertir les
noirs qui t'auraient dévoré, n'étais-tu pas courbé sous le
poids de la plus effroyable soumission et de la plus tyran-
nique servitude! Tu t'y serais pourtant soustrait pour
toujours en obéissant aux volontés bienveillantes de ton
père et de ta mère.

Il commençait à comprendre ces vérités, quand il
tomba un jour, épuisé, au fond d'un taillis, pour ne
quitter son lit de mousse et d'écorce qu'après quelques
journées d'une fièvre violente. C'est pendant cette maladie,
qu'il endurait seul, sans soins, dans un désert, au milieu
des périls, qu'il comprit le plus vivement combien de
malheurs attendent celui qui fuit la maison paternelle :
sa condamnation, sa captivité à bord, les coups qui le
forçaient au travail, rien ne l'avait aussi violemment
ému que de se voir souffrant et abandonné, lui qui, à

Lanboris, pour peu qu'il fût malade, était mis dans le lit
le plus doux, bercé, choyé nuit et jour. A présent qui le
plaignait, qui lui donnait des soins, qui lui pardonnait,
qui pouvait prier pour lui? Les pauvres? Au contraire,
ils l'avaient maudit, car il leur avait pris une bouchée de
pain, et c'est une puissante malédiction que la parole du
pauvre que l'on repousse ou que l'on dépouille.

Le souvenir de ce premier crime lui étreignit enfin le
cœur comme un remords sincère. Alors, pendant ses
heures de souffrances qu'aggravaient les attaques conti-
nuelles des moustiques et des fourmis, dont il était
assailli du matin au soir dans son immobilité, il sentit
de plus en plus le désir, le besoin de rendre aux malheureux ce qu'il leur avait pris; mais comment, pour cela,
gagner de l'argent? La boussole dont l'aiguille se dirigeait vers les montagnes bleues, moins éloignées à présent, semblait lui répondre. Il s'était pourtant dit plus
d'une fois, pendant sa maladie, qu'il était impossible
qu'après le long voyage qu'ils avaient fait par mer pour
s'éloigner de l'Angleterre, ils en fussent si près par
terre; mais la réflexion n'était pas son fort, et le désir
se contente de tous les raisonnements, quelque faux
qu'ils soient.

— Oui, oui, dit Allan; derrière la montagne je retrou-
verai le pays, je travaillerai, je demanderai pardon à mon
père, à ma mère et aux pauvres, en leur remettant dix
fois ce que je leur ai pris.

C'est sans doute cette bonne intention qui fit qu'Allan
recouvra rapidement ses forces, et enfin il sortit du taillis
où il était resté gisant bien des jours. Il eût mieux fait
de retourner à la colonie, mais il devait passer encore

par d'autres épreuves. Avant de quitter ce bois pour entrer dans une immense plaine qui s'étendait devant lui à
perte de vue, sans qu'un arbre fût visible sur l'horizon,
il fit sa provision de choux palmistes, de figues, de
prunes et de pommes sauvages, puis il se mit en route
pour traverser cette mer de verdure. Il était faible encore; il marchait lentement, et de fréquentes haltes lui
étaient nécessaires.

Enfin, après avoir passé deux nuits derrière ces espèces
de paravents que construisent les naturels avec des bandes d'écorce pour se protéger pendant leur sommeil,
misérables abris abandonnés par eux, mais qui attes-
taient leur présence toute récente, il arriva sur les bords
d'une large rivière. Cet obstacle naturel qui l'arrêtait, le
fit réfléchir et il se demanda s'il ne ferait pas mieux de
retourner sur ses pas : la boussole, qui l'avait guidé
pour aller, lui montrerait tout aussi bien par où il fallait
revenir. Il errait indécis sur le bord de l'eau : il s'en fût
éloigné peut-être, s'il n'eût aperçu un tronc d'arbre qui
traversait la rivière étroite en cet endroit. Ce pont, quelque frêle et chancelant qu'il fût, était une tentation, et il
y céda comme autrefois il avait obéi à une autre tentation plus fatale encore. Le tronc de l'arbre flottait et re-
bondissait sous lui. Quand il fut au milieu, il fit une
pause pour réfléchir : il regarda au sud-est, point d'où il
venait, puis au nord-ouest; et là ses chères montagnes,
plus proches encore, lui firent perdre la tête. Il était sur
l'autre bord. Il serait faux de dire qu'il ne s'en repentit
point presque aussitôt. Il éprouva un certain serrement
de cœur en voyant sur le gazon des cendres fumantes
encore, des débris de poissons et les traces des noirs

qui avaient été assis en cercle autour d'un feu qui s'étei-
gnait. Il y avait eu là un repas tout récent. Cet argument
fut le plus fort; Allan l'avait bien compris, car il remet-
tait le pied sur le tronc d'arbre pour reprendre le chemin
de la colonie, quand une partie de la terre du bord, qui
soutenait le pont fragile, s'éboula et le tronc d'arbre
céda à la force du courant qui l'entraînait.

« Bah! dit alors le fugitif, je vais continuer; je n'ai
plus peur : c'est honteux! Allan avait en ce moment un
pauvre courage, le courage inutile qui est la folie la plus
vaine, sinon la plus dangereuse. Le vrai courage, comme
la générosité, honore l'homme et le rend respectable;
mais le courage faux ou fol et la prodigalité le mettent
en péril et le ruinent.

D'un pas délibéré, il recommença à traverser une
plaine que bornaient de petites collines... puis des montagnes qui s'élevaient en amphithéâtre. Il recueillit encore
dans cette plaine, et près de l'eau, beaucoup de ces chapelets de gomme suspendus aux branches de l'acacia.
Entre les collines et la rivière, il remarquait avec curiosité de longues bandes sinueuses sur l'herbe; on eût dit
des sentiers battus et où le gazon a disparu à force
d'être foulé par les pas; il semblait plutôt que ce fussent
les traces de quelque incendie dont la flamme, courant
çà et là au gré du vent, aurait ainsi dépouillé la terre.
Mais Allan découvrit bientôt que c'étaient les ravages
d'innombrables essaims de chenilles.

Après deux jours de marche dans la plaine, quand
Allan entra dans les taillis qui couvraient les collines
ce fut avec une grande précaution : les sauvages, dont il
avait vu les traces, pouvaient s'y trouver. Chaque

bruissement de feuilles, chaque cri d'oiseau, le faisaient tressaillir, et alors il regardait d'un œil effaré dans les massifs et dans les clairières. Un soir, il était couché sur le bord d'un petit lac, bien entouré de hauts arbres, et il s'apprêtait à y passer une nuit sans inquiétude, quand il fut tiré de son premier assoupissement par un éclat de rire derrière lui. Il se leva en sursaut, précipitamment, et avec un tel trouble, qu'il faillit se jeter dans l'eau du lac. — Il y avait bien, en effet, de quoi rire de lui! Cependant le rieur ne recommença point, et si Allan eût été plus calme, il aurait entendu dans le feuillage des battements d'ailes, il eût compris que l'*oiseau-rieur* s'enfuyait épouvanté par ses mouvements soudains; mais Allan n'avait jamais entendu cet oiseau imitateur, et il quitta tout épouvanté le bord du lac, d'autant qu'il y avait aperçu un sentier tracé et battu par des pas tout récents encore.

Allan se dit alors, en cherchant un autre gîte, qu'il eût bien mieux fait de rester à Lanberis pour y vivre heureux en cultivant la terre de son père.

Le lendemain il se vit au pied de ces montagnes bleues derrière lesquelles il était convaincu que se trouvait son pays; et plus il les gravissait, plus l'atmosphère lui semblait rafraîchie et même froide. C'était tout à fait la température du Snowdon, et il redoublait le pas avec une ardeur incroyable pour atteindre le sommet dans l'espérance de voir — qui sait? — le lac de Bala ou la vallée de Festiniog, près de Lanberis. Quand, après beaucoup d'efforts pour s'ouvrir un chemin à travers les hautes fougères, les cèdres, les lianes enlacées aux arbres, et tout un chaos de végétation, il arriva à la plus haute

cime, une épaisse brume couvrait tout, au-dessous de
lui. Il se rappela les brumes éternelles qui entourent ses
montagnes natales. Enfin les nues éclatèrent; des grêlons
énormes tombèrent avec la pluie pareille à un torrent, et
le ciel s'éclaircit. Alors, Allan vit ou crut voir, aux premiers rayons sortis péniblement des nuages, deux lacs
dans le lointain, au bas des montagnes.

« Du courage! s'écria-t-il avec joie, j'arriverai bientôt. »

Si, comme son père et Meredith, Allan s'était occupé
de l'étude des plantes, il eût bien vu, par leur nature et
leur espèce, qu'il était dans un climat tout différent du
pays de Galles. Le changement de température qui l'avait
réjoui n'était que l'effet de l'élévation où il se trouvait,
et il s'aperçut bientôt que plus il redescendait, plus
reparaissait la chaleur.

Les bois étaient admirables de fraîcheur après cet
orage, et, au milieu des fleurs de toutes sortes qui grimpaient le long des arbres et se mêlaient à leurs feuillages, sautillaient et voletaient des perroquets de toutes
les nuances de l'arc-en-ciel, ou des cockatoas rouges à
tête noire. Il eût été agréable de parcourir ces forêts
avec un cœur content, un esprit en repos, un estomac
bien apaisé, n'est-il pas vrai, Allan!

Il n'en était point ainsi pour lui, par malheur. On n'a
jamais le cœur content, quand on fait tant de mal. L'esprit en repos, comment Allan l'aurait-il eu, quand, au
milieu de ces forêts délicieuses, il se voyait partout entouré d'ennemis? Le serpent blanc, le serpent noir, le
serpent diamant, qui a souvent plus d'un mètre de long,
rampaient autour de lui; le *coula*, l'ours de ces montagnes, le menaçait quelquefois, et le chien sauvage qui,

dans nos pays, aboie en fêtant l'approche de l'homme, dressait en hurlant ses oreilles pointues et montrait ses dents aiguës sous son nez effilé : alors il fallait qu'il se réfugiât bien vite dans les branches de quelque arbre.

Quant à son estomac, il était vide et bien vide. Le gibier ne lui eût pas manqué ; mais il craignait qu'un coup de fusil n'attirât les sauvages. Il fallait donc qu'il se contentât des fruits ou des racines qu'il trouvait, et il ne les mangeait qu'avec la continuelle appréhension de s'empoisonner. Il avait été malade pendant deux jours pour avoir goûté la noix d'une certaine espèce de palmier.

La faim pousse le loup hors du bois, comme dit le proverbe, et la faim fit qu'Allan, bravant l'effet de la détonation de son arme à feu, tira un jour sur un objet qu'il avait vu remuer dans le fourré. A peine le coup parti, Allan se hâta de monter jusqu'au haut d'un arbre, au moyen des degrés que les naturels avaient pratiqués dans le tronc : c'était leur trace menaçante encore. Du haut de cet observatoire, il examinait le taillis sous lequel il avait tiré, quand il en vit sortir un kangourou de la grosseur d'un mouton. Il s'avançait, bondissant sur ses longues pattes de derrière, mais d'une façon plus gauche encore que ne l'eût été sa marche naturelle, car le coup de feu d'Allan l'avait blessé à la cuisse. Il sautait donc en se faisant de sa queue touffue un balancier, puis il s'accroupit sous l'arbre dans lequel Allan se tenait immobile.

Ce kangourou était une femelle. Après avoir bien regardé de tous les côtés d'où était venu le bruit qui l'avait épouvantée, et ne voyant ni n'entendant rien, elle entra avec précaution ses deux courtes pattes de devant dans

la poche que la nature lui a placée au ventre, et elle
retira de cette espèce de berceau son petit, tout nouvellement né. Alors elle le regarda tendrement pour voir
s'il ne s'était pas blessé; ne lui découvrant aucun mal,
son visage velu prit comme un sourire de contentement;
elle le baisa avec tendresse, le posa contre ses mamelles
et le petit but son lait où se mêlait le sang de sa mère,
pendant qu'elle le caressait avec sa langue et une de ses
pattes.

Allan avait rechargé son fusil; mais à ce tableau, il
n'eut pas le courage de s'en servir. Il pleura, au contraire, et pensa à sa mère si tendre, au mal qu'il lui avait
fait comme à celle-ci; au bien qu'il voulait faire désormais par sa conduite, s'il rentrait au pays, et il descendit
meilleur de l'arbre du haut duquel il avait pu voir une
scène si touchante.

IX. — La Boussole

Plus il redescendait la montagne au pied de laquelle il
s'était attendu à voir le clocher de Lanberis, plus, en ne
l'apercevant point, il devint triste. C'est ainsi que, dans
la vie, quand on y entre sans l'expérience qui est la
science du monde, on voit toujours à l'horizon des choses
plus belles que celles dont on jouit. Derrière ces montagnes azurées, on se figure, comme certains peuples sauvages, des lieux de délices, un paradis : pour y arriver,
on quitte tous les biens que l'on a; on se fatigue beaucoup, on souffre pour gagner ces sommets si désirés. A
mesure qu'on en approche, ils sont moins beaux; l'azur
qui les voilait et les rendait si enviables au regard, dis-

paraît et fait place à des rochers nus, à des précipices déchirés; on monte pourtant jusqu'à la cime, dans l'espoir que de là on verra ce paradis que l'on imaginait, et l'on ne découvre rien que plaines stériles. — Ah! pourquoi, se dit-on alors, ai-je quitté le bonheur dont je jouissais pour celui que j'ai rêvé.

C'est ce que pensait Allan en descendant vers des prairies immenses, couvertes d'un gazon épais, mais sans arbres : il n'y avait là ni cascades, ni torrents, ni vallon du Snowdon. Ce n'était point là son pays, et il lui fallut bien alors s'en rendre compte, étant presque aux antipodes de l'Angleterre, il lui eût fallu marcher bien plus longtemps pour faire au moins quatre mille cinq cents lieues. Il reconnut qu'il avait reçu là une leçon de géographie un peu fatigante. Il résolut donc de retourner sur ses pas, et se mit en devoir de consulter sa boussole pour reprendre la direction opposée à celle qu'il avait suivie.

Mais il la cherche en vain dans ses poches, dans sa gibecière ; il ne la trouve point : il l'a perdue. Il se rappelait tous les endroits de la montagne où il avait fait halte : il y revint, mais sans la retrouver. Au pied de l'arbre où s'était arrêté le kangourou, il chercha tout aussi vainement. Qu'allait-il faire à présent sans boussole, sans guide? Cet instrument le dirigeait assez bien malgré ses variations qui étaient peu sensibles; et d'ailleurs, à force de consulter cette aiguille, il avait appris à en calculer la déclinaison avec le cours du soleil.

Il passa un jour entier à parcourir les taillis, à fureter dans les broussailles, à visiter les hautes herbes; il ne découvrit nulle part ce qu'il cherchait. Il fallut bien y

renoncer quand le jour finit, et il ne dormit guère dans
le buisson qui devint sa chambre à coucher. Il eut donc
bien le temps de réfléchir à la porte qu'il avait faite et
aux conséquences qu'elle pouvait avoir. Il s'était déjà
cruellement égaré dans la vie pour s'être privé volontairement de la main qui protège et conduit, de la main et
des conseils d'un père. Privé, par une fatalité, de sa
boussole, n'allait-il pas s'égarer dans ces bois, dans ces
plaines ! — Il en frémissait.

Quand le jour parut, il recommença ses recherches :
elles furent tout aussi vaines que la veille, et, n'ayant
désormais d'autres points d'observation que le soleil, il
se dit, en montrant le point où il se levait :

— C'est de ce côté que je vais.

Le soleil eût été un bon guide, si Allan avait pu aller
en droite ligne vers l'orient ; mais des collines, des montagnes aussi élevées que celles qu'il avait déjà passées
deux fois, des vallées, des plaines, des rivières au cours
sinueux, venaient à la traverse et dérangeaient, chaque
jour, la marche que notre misérable voyageur s'était
tracée le matin en partant. Pour surcroît de malheur, le
ciel resta voilé pendant plusieurs jours, et Allan s'éloigna
de plus en plus de la ligne à peu près exacte qu'il avait
suivie jusqu'alors.

Ses repas se composaient ordinairement des corneilles
qu'il pouvait atteindre, des pélicans qu'il tirait sur les
lacs où jamais coup de feu n'avait retenti : quelques
pierres chauffées dans la terre, c'était là toute sa batterie
de cuisine ; mais il s'aperçut bientôt avec terreur qu'il
n'avait plus que trois charges de poudre, et il se promit
de garder ces chétives munitions pour le cas d'un he-

soin extrême, soit faim, soit nécessité de se défendre.

Il se laissait donc mourir de besoin ou à peu près, car les racines ou les fruits sauvages sont peu nourrissants; et puis il s'en abstenait souvent parce que leur amertume augmentait une soif qu'il ne pouvait satisfaire. Il n'était plus dans les bois, où il trouvait une espèce de cerise acide qui le désaltérait et le rafraîchissait; mais il se perdait de plus en plus dans des plaines immenses. Il allait devant lui, affamé, altéré, ne trouvant ni à manger ni à boire. Il faillit tomber à genoux de reconnaissance, quand il aperçut dans le lointain l'herbe couverte de petites efflorescences blanches et légères pareilles à la gelée qui brille le matin sur le gazon. Il se rappelait la manne nourrissante et parfumée qui vint à son secours quelques jours après son départ. Une circonstance eût pu le mettre en garde cependant contre une illusion que lui avaient fait adopter sans réflexion la faim et la soif qui rendent aveugle : c'est que nulle part ne s'élevait au-dessus du sol les arbres qui distillent cette espèce de miel.

Sans faire cette remarque, il allait droit vers cette herbe, sentant déjà par avance sur la langue la saveur sucrée et adoucissante de cette manne.

Il en approche; il se baisse avidement, en prend, en met sur ses lèvres.

— Du sel! s'écrie-t-il en reculant — du sel! D'où cela peut-il venir? Ah! quel malheur!

Allan monta sur une petite éminence pour regarder le pays qui l'entourait. Après ses tours et détours, il avait encore une fois les montagnes bleues derrière lui. A ses pieds, il voyait s'étendre la plaine couverte de cette

poussière salée qui n'avait fait qu'accroître sa soif et ir-
riter son estomac vide; mais au bout de cet espace ver-
doyant, tout à fait à l'horizon, il aperçut une nappe d'eau
reluisant au soleil qui venait de se lever derrière lui.

Il eût mieux fait de suivre ce guide : mais quel moyen
de résister à la vue de l'eau quand on est altéré? Il se
dirigea donc vers ce lac avec une précipitation qui ne fit
qu'accroître sa soif. Il ne s'était pas trompé : c'était un
étang magnifique. Il en approche : le voilà sur ses bords,
alongeant son bras et y remplissant sa main desse-
chée.

Quelle terreur! du sel encore! Il tomba en proie au
désespoir et demanda pardon de toutes ses fautes, car il
lui semblait voir dans ces circonstances un avertissement
sévère. S'il eût réfléchi, si plutôt il eût été tant soit peu
versé dans les sciences naturelles, ces efflorescences sa-
lines, produites par la condensation de vapeurs, lui auraient annoncé la présence nécessaire d'un étang d'eau
salée, et il n'aurait pas encore accru sa fatigue pour
aboutir à une désillusion.

Cédant à l'accablement de l'âme et du corps, il s'étendit sur l'herbe, à l'ombre de quelques roseaux gigantes-
ques, et essaya de s'endormir pour n'avoir, du moins
pendant son sommeil, ni faim ni soif. Impossible! il fallait qu'il se désaltérât; il n'avait plus faim : il n'avait que
soif. Boire ou périr, il n'y avait plus pour lui d'autre al-
ternative. A quelques pas de lui, il voit dans la terre sa-
blonneuse un trou qui paraissait abandonné : il n'avait
pas d'instrument pour le continuer, mais les mains sont
des outils puissants quand on meurt de soif. A force de
gratter jusqu'à se déchirer les ongles et les doigts, il ar-

rive à une couche de terre de plus en plus humide, puis
l'eau paraît : de l'eau douce, cette fois!

Il en avala avidement quelques gorgées, et il avait eu
raison de se hâter, car la terre s'éboula dans le trou à
peine pratiqué, et ce breuvage sauveur disparut.

Ce peu d'eau avait néanmoins été le salut. Allan avait
retrouvé un peu de force et se remit en route vers les
montagnes sur lesquelles le soleil s'était levé. Mais la
soif apaisée laissa parler la faim ; et elle parla haut, en
impérieuse maîtresse, si haut, que la vue d'un oiseau
aquatique qui volait devant lui le détourna encore. Il le
poursuivit jusqu'à un champ de roseaux qui s'étendait à
perte de vue. Ces plantes annonçaient la présence de
l'eau ; cet oiseau ne pouvait manquer de lui fournir un
bon repas. Allan se consolait avec cette perspective, et
il entra d'un pas délibéré dans ces marécages.

Les roseaux étaient d'une hauteur gigantesque, et dé-
passaient de beaucoup sa tête. Allan ne voyait donc point
l'horizon et marchait dans cette forêt comme on marche
à tâtons au milieu des ténèbres. Il n'était point exposé à
être aperçu par les sauvages, mais il courait un danger
analogue ; il pouvait se trouver face à face, à l'improviste,
avec ces noirs formidables. Il cheminait dans une véritable prison de roseaux, n'apercevant autour de lui que
ces murailles flottantes au souffle du vent, et, à ses pieds,
qu'un sol brûlé, crevassé, où il y avait eu de l'eau en
une autre saison, mais que la chaleur avait desséchée
entièrement. Allan eût encore mieux aimé être en plaine,
ou sur la montagne, exposé à tout péril, mais jouissant
de l'air qui ne pouvait pénétrer dans ces massifs arides ;
et puis, n'était-il pas à craindre que les sauvages, sui-

vant leur coutume, ne missent le feu à ces roseaux! Un
incendie spontané pouvait se produire! C'est ce que notre fugitif se disait avec effroi; car, bien qu'il vécût si
misérablement, il voulait vivre encore.

L'oiseau qui l'avait attiré de ce côté, l'oiseau qu'il
convoitait voltigeait de çà et de là, au-dessus de sa tête;
et, ainsi que lui, cherchait sans doute de l'eau. Allan le
mit en joue, et au moment où l'oiseau reçut le coup
fatal, il fit entendre deux ou trois petits cris sonores et
qui vibraient comme une clochette.

— L'oiseau-cloche! s'écria Allan, celui qui indique
l'eau.

Il courut le ramasser : c'était un oiseau-cloche en effet,
et, à quelques pas de là, il trouva une clairière au milieu
des roseaux, et dans cette clairière une petite mare où
un peu d'eau miroitait. Ainsi Allan avait tué sa poule
aux œufs d'or, et ce n'était pas la première fois. Quand
son père, sa mère, son frère lui donnaient tour à tour de
bons conseils avec des caresses, c'étaient là de beaux
œufs d'or, ceux que tout homme regrette quand il ne les
a plus, et Allan les avait rejetés, foulés aux pieds. Il
avait déjà tué cette excellente poule féconde en œufs
d'or, la famille tendre et dévouée ; et voilà qu'il venait
de détruire encore celui qui l'avait guidé, mourant de
soif, vers l'eau et vers la fraîcheur.

Rendons-lui justice. Il hésita longtemps avant de faire
rôtir au feu qu'il venait d'allumer cet oiseau bienfaisant.
Mais la faim le pressait; il fit une broche d'une courte
branche d'arbre qu'il avait à la main, et le rôti allait au
mieux. Tout en préparant son repas, il avait l'esprit
hanté de tristes pensées peu propres à l'égayer : il pen-

sait d'abord au feu qui pouvait prendre aux roseaux, et puis son oiseau à la broche lui rappelait ce qu'on lui avait conté des anthropophages.

Ce dernier rapprochement n'était point fait pour lui donner appétit : il en trouva cependant assez pour faire honneur à son rôti, quand il fut cuit à point.

X. — La Famine.

Nous avons laissé la famille Madock dans une bien grande agitation, causée d'abord par la nouvelle fatale que M. Davids venait d'apporter, et ensuite par la noble et belle détermination que Meredith avait prise le lendemain.

Il était parti sur-le-champ pour Bristol, laissant seuls son père et sa mère. Pauvre mistress Madock! c'est alors que la force qu'elle avait appelée à son aide, pour ne point ébranler par ses larmes un projet si louable, l'abandonna entièrement, et elle tomba entre les bras de son mari en sanglotant et en murmurant avec ses soupirs :

« O mon Dieu!... plus d'enfants!... De quatre, voilà le dernier parti pour toujours, peut-être!

— Allons, mon amie, du courage; tu ne peux qu'approuver ce que va faire Meredith, lui disait M. Madock; et sa voix était presque aussi émue et aussi tremblante que celle de sa femme.

Elle le lui fit remarquer.

— Oh! reprit-il, crois-tu donc que la conscience du devoir me rende insensible et que je pourrai lui dire adieu les yeux secs, quoique je sache que l'action qu'il va accomplir est bien belle? C'est cette dernière pensée qui me soutient et me donne du courage. Oui, disons-nous que c'est un grand sacrifice que nous faisons encore à ce misérable...

Il allait de nouveau parler d'Allan avec une indignation qui devait lui faire mal encore, quand on vint l'appeler pour aller apporter à un mourant les dernières consolations. Cette circonstance le ramena tout aussitôt à des idées de clémence et de miséricorde, et les paroles de malédiction qui montaient de son cœur à ses lèvres, s'apaisèrent pour qu'il n'apportât auprès d'un lit de mort que calme et piété.

Mistress Madock, bien que convaincue, ne pouvait se résigner à ce dernier adieu, et ses pleurs ne cessèrent de couler pendant tout le cours de la journée. Quelquefois cependant, du milieu de son abattement, s'élevait une pensée de pur et noble orgueil, et elle se sentait fière du sacrifice qu'elle allait accomplir pour son autre enfant. Ce sentiment la soutenait en l'exaltant. Mais un souvenir de l'enfance de Meredith lui revenait-il, avait-elle sous les yeux quelque meuble, quelque image qu'il aimât, soudain elle retombait et ses larmes coulaient de nouveau.

Ce fut bien pis quand, deux jours après, Meredith ne revint de Bristol que pour leur dire adieu en toute hâte. Un bâtiment allait partir pour Port-Jackson, et il en était nommé l'aumônier. Il serait inutile de peindre quelle fut la scène déchirante de ce moment de séparation pour un voyage de cinq mille lieues, pour une absence de bien longues années, pour toujours peut-être!

Ces dernières paroles furent les seules que put dire

mistress Madock au désespoir. Quant au père, il ne parlait pas, de peur de laisser échapper des sanglots.

— Du courage! Adieu! A revoir! je vous reviendrai, leur disait Meredith, et je vous dirai que mon frère est sauvé.

— Adieu donc, mon enfant! je te bénis, dit enfin M. Madock en tendant sur sa tête une main aussi peu assurée que sa voix, je te bénis; car, à l'heure où j'apprenais la honte qui souille ton frère et qui — M. Madock baissa la voix alors — et qui m'a frappé de mort, là, au cœur, tu m'as soulagé, tu m'as relevé par le noble parti que tu prenais. Va! je te bénis encore, et quand tu apprendras que la fatale maladie qui me menace m'a foudroyé, reviens soutenir ta mère!

M. Madock eût pu parler haut, sans que sa femme entendît rien; elle s'était trouvée mal aux premières paroles d'adieu. Meredith, après l'avoir embrassée pour la dernière fois, prit le chemin de Bristol. Quelques heures après, le bâtiment levait l'ancre, emportant des prisonniers et des approvisionnements pour l'établissement nouvellement fondé.

Que ne pouvait-il y être arrivé aussi vite que l'éclair fend la nue! La colonie de Botany-Bay était en proie à une famine qui allait toujours croissant. Pendant les premiers temps, tous les bras avaient été occupés à mettre la terre en état de culture, et de même que dans les premiers jours de la vie où l'on prépare l'esprit de l'homme à recevoir l'éducation, on ne lui demande aucun travail utile à sa propre existence ou à celle d'autrui, de même on n'avait encore livré au sol défriché que peu de grains; on ne lui avait demandé que de faibles efforts,

partant de faibles produits. La colonie était donc sans
approvisionnements tirés de son propre fonds, et tout lui
arrivait de la mère-patrie. Quelques jours avant le départ
d'Allan pour sa folle expédition dans l'intérieur, on
attendait les bâtiments qui devaient apporter des vivres
pour tous, agents du gouvernement et prisonniers; on
les attendait même avec impatience.

Quelle fut l'inquiétude de l'administration, quand, à
peu près à l'époque marquée, on ne vit point arriver ces
navires! A chaque heure du jour, le gouverneur, du haut
de la terrasse de sa maison qui dominait l'entrée du port,
tournait sa lunette vers la haute mer, et les journées se
succédaient sans amener une voile à l'horizon. Les vivres
s'épuisaient, l'on avait été obligé de réduire de moitié les
rations des déportés. Cette mesure ne fut prise que
quand l'imposa la nécessité la plus impérieuse, et après
que tous les officiers civils ou militaires eurent supporté
les plus grandes privations : c'est qu'ils savaient que,
faute d'aliments, les travaux devaient languir et graduel-
lement cesser. Cette pensée était effrayante. Qu'allaient
faire alors ces hommes pervers, irrités et poussés à bout
par la faim? Que ne devait-on pas craindre de ces mains
habituées à la violence, et privées tout à coup d'occupa-
tions actives? L'oisiveté, la mauvaise conseillère, et la
faim, plus mauvaise conseillère encore, ne les condui-
raient-elles pas à de nouveaux crimes? C'est une question que l'on ne pouvait se poser sans trembler, quand
on songeait que tous ces hommes perdus, assassins et
voleurs de grande route, allaient être jetés dans le désespoir par la nouvelle de la disette dont on leur cachait
avec soin l'approche.

Leurs estomacs leur apprirent bientôt la triste réalité.
Déjà des murmures se faisaient entendre dans les rangs
des travailleurs dont les bras devenaient moins actifs en
devenant moins forts: c'est ce que l'on avait craint. Les
déportés tramaient évidemment quelque complot, et c'est
en vain que le commandeur, qui les escortait le bâton à
la main, cherchait à empêcher ces colloques muets, les
entretiens à l'oreille, les chuchotements; ils se mo-
quaient de leurs gardiens exténués et affamés eux-
mêmes. Des paroles de malédictions, telles qu'en peuvent
proférer des scélérats, s'élevaient quelquefois du milieu
de leurs bandes silencieuses, et l'on eût dit alors ces
coups de tonnerre terrifiants qui sortent des nuées char-
gées d'électricité.

Les officiers du gouvernement voyaient bien ces symp-
tômes s'aggraver à chaque jour qui passait sans amener
les bâtiments. On apprit bientôt la cause de ces retards
funestes. D'horribles tempêtes avaient assailli ces navires à la hauteur du cap de Bonne-Espérance, et tous
avaient péri, corps et biens.

Les rations avaient été réduites au quart seulement,
et force fut bien alors de suspendre les rudes travaux qui
exigent que le corps soit soutenu par une abondante
nourriture. Les travaux suspendus, les mauvaises pensées et les desseins pervers eurent le champ libre. On
ne se bornait plus à murmurer dans les chaînes des
déportés; on parlait haut, on criait, on menaçait.

On leur fit prendre quelque patience en leur annonçant
qu'un petit bâtiment était parti depuis quelques jours pour
essayer de parvenir jusqu'à Java, afin de s'approvision-
ner à Batavia et à prévenir les Hollandais de la détresse

où se trouvait la colonie ; mais c'était là un voyage de sept ou huit cents lieues, le long des côtes ou dans une mer semée d'îles périlleuses ; par conséquent mille chances contraires pouvaient faire regarder comme désespérée cette expédition. On le cacha toutefois avec soin aux affamés, et ils furent moins turbulents pendant quelques jours.

Cette résignation ne dura pas longtemps ; ils devenaient furieux. Dès que le soleil se levait, les deux pointes arrondies qui gardent l'entrée du port se couvraient de ces foules de prisonniers que l'on ne pouvait plus retenir, et tous les soirs ils rentraient plus irrités contre le gouverneur, comme s'il pouvait répondre des éléments et des flots.

Un soir, le gouverneur, entouré de ses officiers, contemplait d'un œil désolé l'horizon sans y voir poindre aucune voile, et il rentrait au moment où la nuit qui succède en quelques instants au jour dans ces climats, le livrait encore à de longues heures d'angoisse au milieu des ténèbres, quand il entrevit sur la plage des masses noires en mouvement. Les déportés s'avançaient en foule vers la maison du gouverneur. Il aurait pu faire tirer à mitraille sur eux, mais il eut pitié de la faim qui rend fou. Jusqu'alors la bande révoltée avait marché en silence ; mais quand elle fut presque sous les fenêtres, des cris de reproche, de vengeance et de mort s'élevèrent de toutes parts.

— On nous laisse mourir de faim ! — A bas ! — Nous périssons, quand on dîne bien dans la maison du gouverneur !

Il fit allumer des torches : à la lueur de ces clartés

flottantes, il se présenta devant les révoltés, au milieu de sa famille et de son état-major. Hommes et femmes, tous étaient maigres, pâles, effrayants comme des squelettes; cette apparition eut plus d'effet sur les déportés que les plus véhémentes harangues. Ils venaient de voir que leurs chefs avaient plus souffert qu'eux encore, et ils se retirèrent silencieusement, comme les officiers s'étaient montrés à eux.

Ils étaient calmés pour un jour, mais le lendemain, mais le jour d'après, qu'allait-on devenir? La situation était épouvantable : c'est en vain qu'une vigie annonça, un jour, que l'on voyait une voile dans le lointain ; cette nouvelle avait été tant de fois donnée et reçue avec enthousiasme, que les officiers et les déportés n'y croyaient plus : les uns ou les autres, entraînés dans les bois par l'espoir de tuer quelque gibier, s'y égaraient; et plus d'un, en cherchant sa nourriture, devint la proie des cannibales.

XI. — Les Anthropophages

Allan n'était guère dans une position plus agréable que les habitants de la ville naissante de Sydney, ou que les fugitifs qui étaient allés se livrer aux anthropophages. Nous l'avons laissé, dévorant l'oiseau qu'il avait tué; mais ce repas fini, il se trouva perdu au milieu des roseaux et avec une arme de moins; je veux dire deux coups de fusil seulement à tirer au lieu de trois.

Il sortit enfin de ces fourrés de roseaux où la chaleur était étouffante. Le soleil qui ne se montrait pas depuis deux jours, ne pouvait lui servir de guide. Cependant les montagnes bleues lui indiquaient la direction à suivre; il fallait pour revenir à la colonie, qu'il eût cette chaîne derrière lui. Il se remit donc en devoir de la traverser après s'y être égaré plusieurs fois.

Il reconnut bientôt les hautes fougères, les arbres séculaires et les cèdres ornés de fleurs grimpantes qu'il avait déjà vus. Il était un jour couché au milieu d'une petite clairière verte et émaillée, entourée de beaux arbres, et allait s'y endormir de fatigue, quand il fut réveillé par un bruit extraordinaire dans cette solitude : il croyait entendre l'espèce de sifflement que produit la lame sous laquelle tourne, en l'aiguisant, la meule du remouleur. Comment, au milieu de ces forêts, un tel son pouvait-il se produire? Allan regardait en haut, en bas, à droite, à gauche, curieux autant qu'effrayé, quand il aperçut un oiseau qui renouvelait ce singulier chant en battant des ailes.

Il avait entendu parler de l'oiseau-remouleur. Il se rassura bien vite, mais ce ne fut que pour un instant : il lui vint à la pensée que cet oiseau imitateur annonçait la présence de l'homme, et il quitta aussitôt le lit de feuillages qu'il s'était fait. Quelle servitude qu'une indépendance aussi inquiète!

Enfin, il avait franchi les montagnes bleues, et plus il avançait, plus il les laissait en arrière; mais quelle direction prendre pour retourner droit à la colonie; c'est ce qu'il ne savait.

Il alla le mieux qu'il put devant lui, se nourrissant de fruits sauvages et de baies cueillies sur des arbustes, au risque de s'empoisonner. Mieux valait encore courir ce risque que de mourir de faim. Il prenait souvent ces fruits sur des arbres entièrement creusés par les fourmis. Ces insectes foisonnent dans les forêts et les plaines de l'Australie. Dans les plaines, ils élèvent des buttes de la forme et de la hauteur d'une petite meule de foin. Dans les bois, ils se logent dans l'intérieur des arbres, et les creusent de manière à ne laisser au tronc et aux branches que l'écorce. Allan s'émerveillait à la vue de cette légère écorce qui suffisait à produire des branches, des feuilles et des fleurs nouvelles; il ne savait pas qu'au-dessous de l'écorce, qui est le gros et rude vêtement dont la plante a besoin pour se garantir des attaques de l'air, restait le liber, qui est la pousse nouvelle de l'arbre. Un arbre est l'assemblage de plus ou moins de pousses annuelles qui, au lieu de se dessécher ou de retourner à la terre, comme l'herbe que nous foulons aux pieds, deviennent bois chaque année. Un vieux chêne est ainsi une grande famille qui s'accroît tous les ans d'un nouvel enfant, tandis que les générations vieillissent : dans cet arbre, les générations deviennent bois successivement, et de même que la mort vient, hélas! enlever les aïeuls, les pères, les parents, sans arrêter la vie des jeunes enfants, de même un accident peut enlever à l'arbre toutes les couches du bois qui s'est durci après avoir produit feuilles et fleurs, sans empêcher le bois nouveau de fructifier et de fleurir.

A force d'examiner ce phénomène, il finit par le comprendre. Un phénomène n'est point chose incompréhensible. Phénomène ne veut point dire un objet merveilleux, comme vous le croyez peut-être, mais toute chose qui se manifeste et se montre aux regards pour être vue, examinée et comprise.

Allan marchait toujours devant lui, sans trop savoir où il allait. L'important, c'est qu'il ne s'était point écarté de sa direction : il avait toujours les montagnes bleues derrière lui. Ce qui avait bien des fois contribué à l'égarer, et ce qui le tenait sans cesse dans une extrême perplexité, c'est qu'il avait ouï dire que la colonie était à peu près dans le sud, dans la partie la plus chaude de l'Australie par conséquent pensait-il ; et, plus il revenait sur ses pas vers Botany-Bay, plus il sentait l'air frais et même froid dans les régions un peu élevées. Il aurait dû concevoir cependant que l'Australie étant à peu près l'antipode de l'Angleterre, le vent du nord devait y être chaud, et le vent du sud y apporter de la fraîcheur. Toutefois, ce phénomène, bien simple comme on le voit, lui semblait inexplicable, si ce n'est pourtant par sa vieille idée folle :

— Est-ce que je retournerai ainsi au pays de Galles, dans le Nord ?

Une chaîne de montagnes, qu'il apercevait à sa gauche sur l'horizon, ranima en lui cette absurde espérance, et, quitte à se détourner encore de son chemin, il alla droit vers ce point. Il trouvait à présent de quoi se nourrir abondamment dans les bois. Quand il eut traversé la chaîne qui l'avait attiré, il se trouva dans un pays enchanteur. Des oiseaux admirables par leurs nuances éclatantes sautaient de branche en branche et de fleur en fleur. Dans ces forêts vierges, on respirait une atmosphère de parfums. Tous les arbres de la zone tropicale y abondaient ; il s'y trouvait des bananes, des ananas, des cocos, en quantité suffisante pour nourrir un homme jusqu'à la fin de sa vie. Allan ne songeait plus

à faire usage des deux coups de fusil qui lui restaient
contre les oiseaux qui voltigeaient; la terre l'approvision-
nait suffisamment. Il arriva enfin à une clairière qu'il
trouva si fraîche et si calme, qu'il songea à y rester quelques jours en repos, si toutefois le repos était possible avec
une âme tourmentée. Cependant il s'aperçut bientôt qu'il
ne pouvait faire halte en cet endroit. L'air y était pur
et les insectes malfaisants n'y pouvaient vivre; plus de
taons et de ces mouches avides de sang. On se couchait
avec sécurité sur l'herbe; on pouvait dormir sans danger
à la lueur des étoiles. Mais l'homme avait laissé des
traces de son passage dans ce lieu si paisible. C'était
un cimetière; Allan y reconnut les tombeaux oblongs en-
tourés d'une allée et ombragés de saules avec des cœurs
sculptés sur l'écorce : ainsi le cœur est partout l'em-
blème de l'affection. Ces vestiges humains, les morts qui
annonçaient le voisinage de vivants effrayèrent Allan, et
il ne songea plus qu'à s'éloigner au plus vite de ce lieu
qui lui avait paru d'abord si tranquille.

Il ne pouvait donc vivre en paix nulle part! Il n'avait
plus d'oreiller pour reposer sa tête, depuis qu'il avait re-
jeté celui que lui apprêtait la main caressante de sa
mère. Cette pensée le saisissait de plus en plus vivement
à chaque nouvelle découverte, et avait fini par le rendre
sérieux et repentant.

Il franchit encore bien des vallons, des rivières, des
plaines et des taillis avant d'entrer dans une forêt épaisse
dont les arbres, couverts de fruits et de fleurs grimpantes,
se reliaient les uns aux autres par les lianes qui couraient de branche en branche.

Il marchait plus calme tout enivré du parfum des bois,

du chant des oiseaux, quand il tressaillit et rebondit sur place sans pouvoir cependant faire un pas en avant ou en arrière.

Cou—i ! cou—i !

Ce cri répété plusieurs fois venait de retentir du fond de la forêt; Allan voulait fuir, mais il était tellement saisi, qu'il restait immobile; il frissonnait, tremblait; ses dents claquaient, il se sentait défaillir.

Les cris se rapprochaient. Bientôt on entendit le bruit des pas amorti par l'épaisseur de l'herbe. Allan retrouva dans son épouvante la force de se mouvoir, il s'élança dans un arbre entouré de fleurs; mais alors une circonstance l'effraya autant que l'arrivée des sauvages : l'arbre qu'il étreignait ne lui semblait pas solide; le tronc, pendant qu'il grimpait, cédait sous ses embrassements, et il crut en entendre sortir un bruit sourd, un son de creux.

Il n'y avait pas de doute : l'intérieur de cet arbre était rongé par les fourmis; si ces insectes y étaient encore, ils allaient l'attaquer et le dévorer. Il voulut redescendre en toute hâte, mais il n'était plus temps. Les Indiens étaient là. Ils venaient d'entrer dans la clairière. Allan n'eut alors rien de mieux à faire que de ne pas bouger pour ne point renverser le frêle mât sur lequel il était perché, et pour ne point faire de bruit qui attirât l'attention des sauvages.

Ils venaient d'allumer un feu pour cuire leur dîner composé de poissons et de moules : Allan était donc arrivé dans le voisinage de la mer! S'il eut l'esprit assez libre pour faire cette remarque, et penser encore à son Océan des côtes du pays de Galles, il dut bientôt perdre cette illusion en voyant les convives accroupis en cercle autour de la flamme. Il y aurait eu de quoi rire pour quelqu'un qui y eût été disposé. La lueur du bûcher faisait parfaitement ressortir la blancheur de leurs dents, qui se montraient entre deux maigres joues noires et sous un nez traversé d'un os de cinq ou six pouces de long; deux os semblables leur passaient dans le bas des oreilles que couvraient à demi de longs cheveux plats et raides; mais ce qu'il y avait de plus singulier, c'était leur costume multicolore. Le blanc et le rouge surtout dominaient sur leurs corps, en bandes horizontales plus ou moins étroites. Quant au visage, le blanc y était répandu par petites taches, et l'œil était entouré d'un cercle de la même couleur, comme on en voit à certains oiseaux. Ils étaient huit ou dix; après avoir déposé leurs armes qu'ils portent toujours, la longue lance de dix pieds et le bouclier, ils préparaient leur repas en causant. Allan n'entendait dans leur conversation d'autre son que celui qui est si fréquent dans leur langage et ressemble au clapement que la langue produit pour exciter les chevaux. Ils s'entretenaient certainement de quelque affaire d'importance, car leur conversation était rapide, interrompue sans cesse et, de temps à autre, accompagnée de gestes effrayants comme des menaces.

On peut juger de l'inquiétude que, pendant ce temps, Allan éprouvait dans son arbre creux et si chancelant que si un des sauvages venait à courir ou à sauter au-dessous, ce mouvement suffisait pour lui donner un ébranlement. Notre fugitif, dans sa position critique, avait pensé tout d'abord à ses deux derniers coups de

fusil et il s'apprêtait à les lâcher à la première menace
qui lui semblerait s'adresser à lui.

Il avait réussi jusqu'alors à se tenir dans l'immobilité
la plus complète, et les sauvages ne l'avaient pas entendu; le bruit des préparatifs de leur repas, mêlé à celui
de leur conversation qui ressemblait à un accompagne-
ment de castagnettes, eût d'ailleurs empêché un son
quelconque de parvenir jusqu'à leurs oreilles. Mais le
repas apprêté, le silence ne fut plus troublé que par le
claquement des dents contre les dents qui broyaient à
faire frémir Allan dans son vacillant observatoire.

Le malheur voulut qu'en ce moment même il eût le
bras appuyé contre une branche, rongée comme tout le
reste, qui céda sous la pression et se rompit avec un
craquement.

Les sauvages se levèrent en poussant un grand cri et
en se montrant l'arbre d'où le bruit était parti. Ils eurent
bientôt arraché des touffes d'herbes desséchées; ils en
firent de gros tampons, et après en avoir bourré les
crevasses qui se trouvaient au bas du tronc de l'arbre
d'Allan, ils y mirent le feu.

Ils croyaient que la branche avait été rompue par un
opossum, petit animal gris de la forme du kangourou, et
ils s'apprêtaient à le chasser à la mode de leurs forêts, en
le fumant et en le grillant dans son repaire. C'est ce qui
allait arriver à Allan, tout comme à un opossum. La
fumée montait à flots vers lui, dans ce tronc d'arbre qui
formait cheminée.

Il vit qu'il était perdu s'il n'éloignait cette bande d'anthropophages. Il tira ses deux coups de fusil.

La détonation les fit tomber à terre. Elle produisit sur lui le même effet. La commotion renversa l'arbre.

Allan se trouva donc, plus vite qu'il ne l'eût voulu, la face contre terre. Il se relevait tout étourdi de sa chute, se dépétrait à grand'peine des branches qui l'enlaçaient, quand les noirs bariolés de blanc et de rouge, revenus de leur effroi, se relevèrent et Allan se vit au milieu d'eux. Il fut en un instant saisi, garrotté, attaché à un arbre. S'il put réfléchir en ce moment, il dut bien vivement regretter son sort passé, même le travail forcé de la colonie.

Etroitement lié avec des cordes d'écorce, dans l'impossibilité de se mouvoir, il suivait de l'œil tous les mouvements des sauvages. Les uns agrandissaient le foyer, les autres coupaient dans les taillis une longue branche droite et l'aiguisaient aux deux bouts, puis ils fichaient à chaque extrémité du foyer une branche fourchue. On voit qu'ils apprêtaient la broche en adressant à Allan, avec les gestes les moins équivoques, les plus menaçantes paroles auxquelles il ne comprenait rien, et qui l'épouvantait d'autant plus. Il n'y avait du reste pas moyen d'ignorer le terrible et muet langage de la broche.

Il eut beau se débattre, briser deux fois ses liens, on le rattacha toujours plus étroitement, au point de l'étouffer, et mieux eût valu ce sort que de rôtir devant le feu, qui flambait. Enfin tout était prêt, les sauvages se mirent à danser en rond autour du malheureux Allan; c'étaient des gambades, des gestes, des chants, des rires, tout cela capable d'effrayer le plus intrépide. Ils s'abandonnaient à leur sinistre réjouissance, quand l'un

d'eux, l'air épouvanté, tomba l'oreille contre terre et se
releva en disant un mot à peine articulé. Les autres
l'imitèrent. Allan voulut profiter de cette circonstance
pour s'échapper : il avait réussi à détacher un des liens
quand ils se relevèrent tous ensemble.

Tout à coup une flamme vint à briller à travers l'obscurité qui commençait à gagner. Tous les bois d'alen-
tour étaient en feu : c'est, chez ces peuples, un moyen
de se déclarer la guerre : une tribu ennemie arrivait en
effet. Nos sauvages se jetèrent sur leurs lances et leurs
boucliers, abandonnant Allan à son malheureux sort.

Bien triste sort, s'il n'avait pu se délivrer; mais le
péril imminent et les premières atteintes du feu qu'il
sentait déjà, lui donnèrent des forces. Allan rompit tous
ses liens, et en fut quitte pour avoir ressenti une terrible
et salutaire émotion.

XII. — Mon Frère!

Après une course d'une heure environ, il arriva, exté-
nué de fatigue, sur les bords d'une assez large rivière. Il
mourait de soif et n'osait y prendre une gorgée d'eau, de
crainte qu'elle ne fût salée. Il essaya cependant : elle
était bonne! La lune avait alors remplacé le soleil à
l'horizon. Quelque danger qu'il y eût à traverser cette
rivière dans l'obscurité, il avait derrière lui un péril
trop grand pour hésiter, et il sentit qu'il ne serait tranquille que sur l'autre bord de l'eau. Il finit par trouver
un tronc d'arbre en travers du courant, et, s'élançant
hardiment sur ce pont chancelant, il arriva enfin sans
encombre à la rive opposée.

Le lendemain, après un frugal déjeuner composé de quelques fruits sauvages et de gomme d'acacia, il se mit à examiner les sites qui bordaient la rivière, et crut reconnaître celle qu'il avait traversée il y avait longtemps déjà, en s'éloignant de la colonie. S'il ne se trompait pas, il en était peu éloigné. D'un autre côté les rivières se ressemblent tellement, qu'il ne put rien conclure de positif encore. Cependant l'aspect des montagnes à l'horizon était presque le même que ce qu'il se souvenait avoir vu en passant cette rivière pour la première fois.

Il marcha toujours devant lui. Après deux journées de route, deux nuits de repos dans les fourrés ou sous des casuarinas, aux rameaux pendants comme des rideaux, il aperçut un matin un bois à l'horizon. Il lui sembla y entrevoir quelque chose de blanc. Il regarda attentivement; ce point était immobile.

Il avança, et, en prêtant l'oreille, il entendit une rumeur sourde, comme celle de l'Océan à distance, comme ce murmure de flots qui le berçait dans son enfance à Lanberis, comme le bourdonnement d'une ville entendu de la campagne. Cela le tourmenta encore : était-ce un autre incendie qui bruissait dans le lointain? était-ce le tumulte confus d'une grande réunion de sauvages? Il ne savait que penser et que faire, quand un son bien articulé le tira de peine. C'était l'aboiement d'un chien.

Il n'était donc plus dans le pays des sauvages, où le chien n'a point ce langage si expressif pour témoigner à l'homme sa tendresse ou sa joie. Peut-être Allan rêvat-il encore à Lanberis!

Et plus il approchait, plus la rumeur devenait distincte, plus les voix qui la composaient s'isolaient; il reconnut des cris d'allégresse, des *hourah* et des *vivat*. Il était au comble de l'étonnement.

Le point blanc qu'il avait aperçu de loin grossissait et prenait une forme à ses yeux. C'était une petite maison. D'un point élevé, il aperçut la mer. En approchant il vit un homme.

Non pas un homme noir, poudré à blanc, fardé de blanc, barriolé de rouge, grinçant des dents, aux gestes menaçants, mais un homme presque aussi effrayant, une espèce de géant, portant un énorme bâton, qui courait vers lui, accompagné de deux soldats. Allan avait reconnu le commandeur. Il cherche à s'esquiver, mais il n'était plus temps. On le prit; on le ramena les mains liées, au milieu de la chaîne qui se réjouissait bruyamment parce qu'on venait de lui faire une distribution de vivres arrivés tout récemment. C'était à qui se moquerait d'Allan en lui demandant des nouvelles de son pays. Il était accablé d'une honte qu'accrut encore l'aspect d'un homme qui venait à lui en l'appelant : mon frère!

Il reconnut cette voix, la voix de Meredith... il la reconnut bien, et cependant il ne pouvait en croire son oreille. Meredith était-il donc venu au-devant de lui? Dans cette confusion d'idées et cette stupéfaction que l'on doit bien concevoir, il ne sut que faire ni que dire : il recula devant ce qui lui semblait une illusion, un remords visible : fuir devant son frère! quelle extrémité honteuse! Il l'eût fait cependant, sans les rudes mains qui le retenaient.

Meredith éloigna d'un mot le commandeur et les soldats. Il approcha d'Allan; il le voyait si troublé, qu'il éprouvait pour lui de la compassion. — Mon frère! viens,

je te plains, je t'aime toujours, lui dit-il ; — Allan tomba
alors dans ses bras, incapable de dire un mot, rouge
tout à la fois de joie et de honte. Il faut avoir pitié de la
honte, comme il faut tendre la main à celui qui est tombé
et s'efforce vainement de se relever : c'est ce que fit
Meredith, et Allan finit par prendre assez courage pour
lui parler et lui témoigner le bonheur qu'il avait à le
revoir. Son frère ne lui fit aucun reproche ; il voyait bien
que sa présence seule avait eu plus d'effet que tout ce
qu'il pouvait dire.

— Tu me pardonnes donc ! s'écria Allan après un
long silence et de muets serrements de mains ; tu me
pardonnes, Meredith ?

— Allan ! je viens vers toi au nom de Celui qui a toute
miséricorde pour le repentir !

— Oh ! je me repens ! Oh ! j'ai été bien malheureux !

Il n'avait pas besoin de le dire ; il suffisait à Meredith
de le voir pour en être convaincu. Ses longues fatigues,
ses abstinences quotidiennes, ses inquiétudes de chaque
instant l'avaient réduit à un état de maigreur effrayant.
Meredith l'eût attribué à ses souffrances morales, si, en se
dirigeant vers la maison, Allan ne lui eût raconté l'ex-
travagante entreprise qui lui avait coûté si cher. Il ac-
cumulait détails sur détails, de peur que Meredith ne lui
parlât de son père et de sa mère. Ce n'est pas qu'il n'eût
une envie extrême de savoir de leurs nouvelles ; mais
quand on a mal fait, le nom même d'un père est une
punition, un châtiment que l'on redoute. Il faut avoir la
conscience bien tranquille pour le prononcer et pour
l'entendre avec une innocente joie.

Aussi Allan ne pouvait-il laisser échapper ce mot

6

sacré qui brûlait ses lèvres : il en trouva cependant le
courage dans le sentiment de son repentir; et, tombant
à genoux devant Meredith :

— Mon père et ma mère me croient mort, n'est-ce
pas?

— Oh! tu leur as fait bien du mal!

C'était le premier mot de reproche que lui adressait
Meredith; mais en pouvait-il être de plus poignant et de
plus amer? Allan n'y résista point; il fondit en larmes
qu'il comprimait depuis longtemps, et les deux frères
entrèrent dans la maison qui avait apparu de si loin aux
yeux du fugitif.

Là, Meredith lui raconta leur inquiétude pendant la
nuit qui suivit sa disparition, leurs recherches, leurs
angoisses des jours suivants, et la croix noire que l'on
planta pour lui au cimetière, comme s'il n'était plus.

— Ainsi mon père et ma mère me croient mort?

— Hélas! non, ils ne le croient plus!

Et Meredith continua en lui faisant un terrible tableau
du moment où M. Davids avait révélé l'affreuse vérité.
Allan pâlissait, frissonnait, semblait défaillir à chacun
des détails de cette scène cruelle dont il était la crimi-
nelle cause. Mais ce qui le remplit surtout de terreur,
c'est la manière dont Meredith lui répéta ces mots de
M. Madock : Le misérable! et cet argent des pauvres!

— O Allan! si tu avais alors entendu la voix de mon
père! si tu l'avais vu en même temps porter la main à
son cœur comme s'il eût été tout à coup blessé mortellement!... Il l'est.... Allan!

Allan tomba prosterné en promettant repentir et aus-
tère pénitence au Ciel pour qu'il sauvât la vie de son

père. Meredith ouvrit une de ses malles, et en tira un petit livre usé, mais dont la couverture avait été élégante : on y voyait quelques restes de dorures.

Il le présenta à Allan qui était toujours agenouillé.

— Tiens, je te rapporte ce que tu avais oublié en partant.

— Oh! oui, je l'ai trop oublié, répondit Allan.

C'était son livre de prières. Il l'ouvrit avec un sentiment de bonheur tel que celui que l'on éprouve en entendant raconter ses jours d'enfance; mais ses larmes revinrent et tombèrent plus abondantes encore sur le premier feuillet où il lisait en sanglotant ces mots écrits de la main de sa mère :

« A mon bien-aimé Allan. Donné le jour de sa première communion : qu'il en soit toujours digne ! »

Il couvrit de baisers ces deux lignes si tendres et dont il avait fait par sa conduite un reproche si cuisant ; il leur prodiguait des caresses mêlées de pleurs, quand on frappa violemment à la porte.

Meredith ouvrit.

— Je demande pardon à Votre Honneur, dit une voix bien connue d'Allan et qui le fit tressaillir; mais ce jeune homme s'est enfui, il a encouru la peine que le gouvernement a prescrite.

C'était le commandeur qui parlait ainsi, et l'on se rappelle que tout fugitif devait être fusillé.

Allan fut séparé de son frère qui courut chez le gouverneur.

XIII. — La Lettre

La scène inattendue qui vient de se passer nous a empêché de raconter la cause des rumeurs joyeuses qu'Allan avait entendues en approchant de la colonie. Ces bruyants transports avaient continué pendant l'émouvant entretien qu'il avait eu avec son frère ; c'est ainsi que la vie est un mélange de rires et de pleurs.

Les *hourah* et les *vivat* dont retentissait la colonie avaient pour objet l'arrivée du bâtiment qui portait Meredith, et, avec lui, des vivres pour une année. On peut se figurer quelle dut être la joie qui éclata lorsqu'on vit la famine conjurée. L'arrivée de Meredith n'en fut que plus vivement bénie, et le gouverneur le salua comme un sauveur. Aussi il ne lui fut pas difficile d'obtenir la grâce d'Allan. Mais celui-ci avait donné aux déportés un trop dangereux exemple pour qu'il restât impuni ; son châtiment fut de rentrer pour deux années dans les chaînes du gouvernement.

Il y fut donc attaché de nouveau, mais Meredith ne l'y abandonna point aux mauvais conseils et aux compagnies perverses. Comme il y avait avec lui un second aumônier, il put consacrer à son frère la plus grande partie de son temps.

Les chaînes opéraient toujours des travaux de défrichements qui conduisaient les déportés assez avant dans les terres, car le littoral était livré à la culture sur une certaine profondeur. Après avoir adressé à ses parents une lettre pleine de détails sur sa traversée, sur son débarquement, et enfin sur Allan, lettre au bas de laquelle ce dernier n'avait osé écrire que ces deux mots : Oh! pardon! pardon! Meredith partit avec la chaîne dont faisait partie son frère et qui allait défricher une contrée nouvelle à laquelle on avait d'avance donné le nom de comté d'Argyle. C'est ainsi que les employés du gouvernement, non moins exilés que les déportés eux-mêmes, aimaient à donner les noms du pays natal à cette terre nouvelle qu'il leur fallait habiter. Quand ils pouvaient se dire : Je vais à Windsor, ou à Oxford, ils se croyaient encore dans leur chère Angleterre.

Meredith était l'objet de l'admiration de toute la chaîne, tant les cœurs les plus endurcis sont accessibles aux impressions que produit la vertu. Sa conduite n'était-elle pas en effet digne d'être admirée? Parents bien-aimés, foyers domestiques, saintes et calmes fonctions parmi ses compatriotes, il avait tout abandonné pour accourir au secours de son frère qui succombait à cinq mille lieues de là, de son frère qui avait été dur et mauvais pour lui. Il voulait partager toutes ses fatigues afin d'être là pour essuyer son front quand il serait trempé de sueur; et quand sa bouche desséchée par la soif serait sur le point de laisser échapper une parole de désespoir, pour l'arrêter sur ses lèvres par un mot affectueux et consolant. Si Allan, vaincu par la lassitude, venait à se ralentir et à exciter ainsi les menaçants reproches du commandeur, Meredith était tout prêt à les faire taire par son intercession, ou bien il aidait son frère. Quand il avait promis à sa famille de ramener Allan au bien, il avait bien compris la règle de conduite qu'il avait à suivre et que lui inspirait le sentiment du devoir. Quelques

mois de ces relations sublimes de frère à frère avaient
été d'une puissante influence sur le cœur d'Allan. Il
était meilleur, purifié, résigné aux rudes travaux qui lui
étaient prescrits; il les trouvait doux comme les épreuves qui doivent amener le pardon et la réconciliation :
en deux mots, il aimait, il chérissait son frère.

C'est ce retour heureux que, dans sa première lettre à
ses parents, Meredith avait permis d'entrevoir, et elle
fit rentrer un peu de calme et de bien-être dans le malheureux presbytère de Lanberis.

Nous y avons laissé mistress Madock évanouie et son
mari puisant de la force dans la pensée du bien que son
fils allait faire. Mais une fois le dernier adieu prononcé
et Meredith parti, cette force lui manqua; les palpitations
de son cœur blessé à mort redoublèrent, et peu s'en
fallut qu'il ne retombât lui-même en défaillance dans
son fauteuil.

— O mon Dieu! où est-il? et vous, comme vous êtes
pâle, mon ami !

Tels furent les premiers mots de Mistress Madock
revenue de son évanouissement, en se jetant dans les
bras de son mari.

— Oh! vous me restez! mais avoir eu quatre enfants
auprès de soi, et à présent plus un seul !

Alors leurs larmes se confondirent, et c'est à peine
si ces mots consolateurs : « Il reviendra, » pouvaient se
faire entendre au milieu de ses sanglots.

Que tout était triste et solitaire dans la petite maison,
devenue trop vaste à présent! Cependant, comme ils
avaient toujours été bons et charitables, tous les habitants de Lanberis s'empressaient autour d'eux; jamais

Ils ne les laissaient passer une soirée seuls, car c'est dans les soirées d'hiver, ces longues heures de solitude et de calme, que reviennent en foule les pensées tristes et les souvenirs affligeants. Il était impossible de les écarter même de ces réunions familières : tantôt c'était un camarade d'Allan qui, ne sachant le sort affreux qu'il subissait réellement, parlait de lui et de sa mort fatale avec une compassion tendre ; ou bien une jeune fille, élevée avec les filles de M. Madock, rappelait involontairement quelque trait de leur enfance commune. Tous enfin se réunissaient pour demander, presqu'à chaque visite, si l'on avait des nouvelles de cet excellent Meredith. Ces ressouvenirs, ces regrets, ces questions, tout était fait pour tourmenter M. et mistress Madock qui avaient calculé bien des fois la durée du trajet d'une lettre de leur fils.

Il y avait déjà dix mois qu'il était parti, et comme il avait promis d'écrire dès qu'il aurait mis pied à terre, on commençait à s'inquiéter à Lanberis : les journaux avaient parlé des naufrages qui avaient retardé l'arrivée des approvisionnements dans la colonie ; l'on tremblait d'apprendre que Meredith ne fût une des victimes. Nous savons le contraire, mais ce qui pourrait nous faire partager leurs inquiétudes, c'est le retard qu'éprouvait la lettre de Meredith.

Un soir que le vent sifflait autour du presbytère et rugissait dans les gorges du Snowdon, on était réuni autour du foyer et presque silencieux, quand le galop d'un cheval retentit de loin dans la rue calme du village. Bientôt deux coups, frappés précipitamment à la porte, annoncèrent que le cavalier faisait halte chez M. Madock.

C'est un exprès de Bangor avec une lettre : mistress Madock la saisit avec empressement, et ses yeux deviennent brillants comme un beau soleil. — COLONIES ANGLAISES — PORT-JACKSON! D'une voix émue de bonheur, elle lit ces mots sur la suscription. Après avoir remis le paquet à son mari, elle court à sa bourse, paye généreusement le porteur d'un si bon message, et revient prendre sa place au foyer.

M. Madock tenait toujours la lettre fermée : l'émotion que lui avait causée cet incident avait tellement redoublé les palpitations de son cœur que l'on voyait le paquet que pressait sa main trembler aux battements précipités de son pouls : une pareille émotion pouvait suffire à le foudroyer. Il le sentait et ne brisait point le cachet.

Pendant ces moments d'attente, toute la petite société était muette, et il n'y avait pas un œil qui ne fût fixé sur le papier si désiré. Ce n'était point curiosité frivole ; elle témoignait un vif intérêt et un impatient besoin de se tranquilliser sur le compte d'un être bien-aimé. Mistress Madock surtout brûlait du désir de lire cette lettre, on le conçoit ; mais, en même temps, elle voyait l'agitation où était son mari, et tremblait de l'accroître encore.

— Lisez, ma chère, lui dit-il enfin en lui présentant le paquet. Elle ne se fit pas prier, et lut à haute voix tous les détails de la traversée de Meredith, la description de l'intérieur du navire-prison, la peinture des premières terres de la Nouvelle-Galles du Sud et de ce que Meredith vit en débarquant. On l'écoutait avec une attention avide. Ces naïfs villageois qui n'avaient jamais été au-delà de Caërnarvon, et n'avaient vu d'autre mer que celle du golfe de Menai ou de la baie de Cardigan, étaient

stupéfaits et ouvraient de grands yeux au tableau de cet
immense Océan de trois mille lieues qui est entre le Cap
et la Nouvelle-Hollande. Ils contemplaient avec terreur
ces noirs que Meredith avait aperçus sur les côtes du
détroit de Bass ; ils étaient là, les yeux fixes et bouches
béantes, bien que mistress Madock eût cessé de lire
depuis plusieurs minutes. Ils s'aperçurent enfin du silence, et furent bien plus curieux encore quand ils virent
sous les paupières de mistress Madock rouler des larmes ; non point de ces larmes tristes et désolantes
comme une froide pluie d'hiver par un temps sombre,
mais des pleurs de joie, semblables aux ondées de printemps qu'égaie le soleil.

L'assemblée avait beau prier du regard pour que la
lecture à haute voix continuât : mistress Madock remit
la lettre à son mari en lui montrant du doigt ce qu'elle
voulait qu'il lût, et tout à coup son visage sévère se
dérida un peu, ses yeux se mouillèrent de quelques
pleurs pareils à ceux de mistress Madock. Après
avoir serré la lettre dans sa poche, il causa avec un peu
de gaîté.

Dès que toute l'assemblée fut partie, mistress Madock
n'eut rien de plus pressé que de redemander cette lettre
bénie pour la lire encore ; et de nouveau elle s'attendrit
surtout en arrivant à la dernière page.

— Vous voyez, mon ami, ce qu'il nous dit de son
frère. Cela ne vous console-t-il pas un peu ? Ne désespé-
rons pas : je suis bien sûre que Dieu le voit d'un œil
moins irrité : il a promis de réparer son crime envers
les pauvres, envers le Ciel...

— Et envers son père ! le pourra-t-il jamais ?

M. Madock, en disant ces mots avec un soupir, portait la main à son cœur.

Mistress Madock ne voulut pas se coucher avant d'avoir répondu à la lettre de Meredith. Son mari la chargea de lui transmettre toute l'expression du contentement que lui inspirait sa conduite envers son frère.

— Et pour Allan, que dirai-je? demanda la bonne et tendre mère avec une voix pleine de compassion.

— Dites-lui qu'il persévère dans son repentir. — Elle écrivit ces dernières paroles et y ajouta :

« La mère d'Allan espère dans son fils. »

Deux jours après, cette réponse partait pour la Nouvelle-Galles du Sud.

XIV. — La Restitution

Tout en attendant avec impatience cette lettre que nous venons de voir quitter Lanberis, Allan, toujours appuyé sur son frère Meredith qu'il apprenait à vénérer et à chérir chaque jour davantage, travaillait avec ardeur et ne reculait devant aucune fatigue. Il recherchait même les travaux les plus rudes comme moyens d'une plus prompte expiation : son seul désir à présent était de sortir de la chaîne du gouvernement où il ne gagnait rien, pour passer au service d'un planteur qui lui donnerait, pour adoucir sa vie, un petit jardin dont il ferait tourner le produit au soulagement des pauvres de Lanberis. C'était là sa dette la plus sacrée, la restitution d'aumônes dérobées aux malheureux.

La lettre de mistress Madock arriva enfin. Allan n'avait pas même osé espérer que son père lui fit dire un seul mot : le conseil qu'il lui donnait de persévérer dans son repentir lui parut donc être un commencement de pardon.

— O ma mère! tu as raison d'espérer en ton Allan! s'écria-t-il en baisant la lettre que lui avait remise son frère. En effet, son courage et sa résignation redoublèrent à ce point qu'il obtint bientôt ce qu'il désirait : le planteur même dont il avait fui l'habitation, il y avait deux ans, le redemanda et l'obtint.

Meredith ne pouvait plus être constamment avec lui; mais il ne se passait pas de jour sans qu'il vînt le voir, causer avec lui, lui donner des conseils, et même l'aider dans la culture de son petit jardin. Grâce aux travaux assidus des deux frères, ce coin de terre, entièrement consacré aux pauvres, produisit bientôt des légumes excellents et des fruits exquis que, chaque dimanche, Allan vendait en ville, et dont le prix était mis de côté. Les pauvres étaient son unique pensée. Quand son maître satisfait faisait aux serviteurs condamnés la distribution de thé et de sucre d'usage, Allan ne l'acceptait point; il préférait de l'argent pour ses pauvres. Si la terre du jardin, brûlée par le soleil dévorant de l'été, crevassée et béante, demandait de l'eau, il l'arrosait avec bonheur, comme s'il faisait l'aumône ; et il lui semblait, quand ce sol aride se désaltérait avidement, voir ces pauvres affamés recevant de lui la nourriture.

De temps à autre, Meredith lui apportait des lettres de Lanberis, qui lui rendaient du courage quand parfois il chancelait. M. Madock souffrait moins à présent; il parlait d'Allan avec pitié plutôt qu'avec colère, et mistress

Madock, ne pouvant plus résister à sa tendresse mater-
nelle, lui avait dit, dans sa dernière lettre, qu'elle l'embrassait. Cette caresse eût été jadis, pour Allan gâté, un
encouragement à la paresse et à la mauvaise conduite;
pour Allan corrigé par de rudes épreuves, ce fut un encouragement au bien. La lecture de ces lettres amenait
toujours entre les deux frères mille ressouvenirs du pays
natal et de leurs premières années, qui servaient encore
à ramener Allan dans la voie droite; car il y revoyait en
germe les mauvais principes qui s'étaient développés
avec l'âge et l'avaient conduit où il était. Il reconnaissait
que c'était l'insubordination et la paresse qui l'avaient
surtout conduit au mal, et il se repentait bien de ne les
avoir chassés que trop tard. « Trop tard! cette heure-là
n'existe point pour le repentir, » lui disait alors Meredith; et Allan d'ajouter de plus en plus à son trésor pour
les pauvres.

Ce trésor renfermait une assez jolie somme — cinq
livres sterling environ, c'était dix fois plus que ce qu'il
avait dérobé, — quand un agent, qui retournait en Angleterre, reçut de la main de Meredith ce dépôt sacré avec
une lettre au bas de laquelle Allan avait écrit : « Au nom
du Ciel et des pauvres, pardonnez-moi! »

Pendant que cet envoi expiatoire était en chemin, le
printemps était revenu à Lanberis. Ce n'était plus autour de la haute cheminée que se tenait la fidèle assemblée des amis du presbytère, mais sous un berceau de
verdure que les premières feuilles couvraient d'un voile
transparent doré par le soleil. Les petites fleurs qui bordaient le parterre s'ouvraient presqu'à vue d'œil. Devant
ce spectacle de la nature renaissante, tous tombaient d'ac-

cord pour préférer aux régions tropicales, où la végétation ne cesse jamais et où l'hiver n'est qu'une saison de
pluie, les zones tempérées qu'anime un continuel changement d'aspect, où la feuille d'un vert tendre au printemps, d'un vert foncé au milieu de l'été, jaunâtre, dorée
ou rouge à l'automne, tombe, emportée par l'hiver, pour
revenir fraîche et riante avec un printemps nouveau. —
Notre climat, dis.. .t M. Madock, est une constante et
haute leçon de morale. Au milieu de l'été et de ses
délices, il fait songer à l'hiver : c'est dire au riche, dans
sa vie de luxe et de plaisir, de penser à la mort; puis
le printemps vient montrer à l'homme, dans les feuilles
qui renaissent, que le corps et la tige ne meurent que
pour un temps, et l'homme conçoit l'immortalité de
l'âme.

On se livrait dans le jardin de Lanberis à un de ces
entretiens, quand arriva le porteur de la lettre de Meredith et du petit trésor d'Allan. Comme il advenait toujours en pareil cas, mistress Madock s'empara de la
lettre, après avoir demandé la permission de la lire. On
en attendait la lecture à voix haute. Elle parcourut rapidement ces lignes d'un œil qui s'animait à chaque instant d'un plus vif éclat de joie, et, quand elle eut fini :

— Tenez, mon ami, lisez... lisez!

Et M. Madock éprouvait, on le voyait bien, les mêmes
sentiments que sa femme.

— Il se porte donc bien? demanda toute la société.

— Oh! oui! très bien, répondit mistress Madock. Alors
elle fit mille excuses à l'étranger de ce qu'elle l'avait oublié un instant pour se livrer à sa joie en recevant de si
bonnes nouvelles, elle le retint à dîner et à coucher.

Quand il fut parti et que M. et mistress Madock comptèrent et comptèrent encore les cinq livres sterling
qu'Allan rendait aux pauvres de Lanberis, ils furent
touchés d'une tendre pitié devant cet acte de réparation.
Jamais peut-être somme aussi considérable ne s'était
trouvée entre leurs mains; mais ils eussent été dans la
plus impérieuse des misères, qu'ils n'en eussent pas
même envié un shilling. Cet argent était un dépôt : le
repentir de leur fils, l'expiation, le pardon peut-être, tout
était là. Une grande partie de la journée se passa à déli-
bérer dans leur intérieur sur le mode de distribution de
ces aumônes, et M. Madock décida qu'elle devait se
faire publiquement, sans toutefois laisser connaître la
source de ces charités; car c'eût été déclarer la honte et
le déshonneur d'Allan.

Dès le lendemain matin, tous les pauvres de la paroisse
furent avertis qu'ils devaient se trouver le dimanche
suivant, à une heure déterminée, dans l'église, pour y
recevoir des aumônes que voulait répandre sur eux une
main cachée.

Le dimanche, de bonne heure, l'église était pleine de
ces malheureux. Ici c'était une pauvre veuve qui avait
perdu son mari dans les tourmentes de la mer du Nord,
et qui n'avait plus autour d'elle que quatre enfants im-
puissants à la faire vivre; là, un pauvre vieillard devenu
aveugle. Cet homme, dans la force de l'âge, mais estropié
pour la vie, était tombé dans la carrière d'ardoises : cet
autre, chasseur du Snowdon, avait roulé, dans les
étreintes d'un ours, jusqu'au fond d'un précipice, et son
corps fracassé portait les traces indélibiles de cette lutte
terrible. Combien, dans cette foule, n'y avait-il pas d'au-

tres malheureux ruinés par de mauvaises saisons qu'ils n'avaient pas su prévoir comme la prudente fourmi, ou dépouillés par l'inconduite de leurs enfants.

Pendant l'office, M. Madock monta en chaire et termina son discours sur la charité par quelques détails sur l'aumône qui allait être faite. Il apprit à son auditoire recueilli — et la voix du pasteur était bien émue — qu'un jour, il y avait déjà quelques années, le petit trésor des pauvres avait disparu, et que cette même main, qui s'était cachée pour le prendre, se cachait aujourd'hui en le restituant dix fois plus considérable qu'il n'était alors.

Au sortir de l'église, tous les pauvres inscrits sur la liste d'aumônes, reçurent leur part chacun son tour. Il ne fut pas un pauvre qui n'eût pour le moins une pièce d'argent d'un shilling; et, en la voyant scintiller dans sa main, un éclair de reconnaissance éclatait dans ses yeux ternis par les larmes. Les femmes regardaient leurs enfants d'un œil moins triste et qui disait : — Vous ne souffrirez pas de la faim ces jours-ci! — Les malheureux estropiés se réjouissaient en pensant qu'ils n'auraient point à se traîner, durant quelques jours, de porte en porte, pour recevoir la charité.

Le soir la tendre mère écrivit à Meredith pour lui raconter les scènes touchantes dont elle avait été témoin. A ces détails consolants, elle fut malheureusement obligée de mêler de tristes nouvelles de la santé de M. Madock. Les émotions, même les émotions douces comme celles qu'il venait d'éprouver, lui étaient dangereuses, et ses palpitations devenaient on ne peut plus violentes au moment où mistress Madock terminait par ces mots :

« Dis à Allan que les pauvres et son père ont prié pour lui. »

XV. — Le nouveau Lanberis

A peu près à la même époque, le gouverneur de la colonie de la Nouvelle-Galles du Sud accordait à Allan remise des quatre années de peine qu'il avait encore à subir. L'argument de sa bonne conduite, plaidé avec succès par son frère, contribua à lui obtenir cette grâce. Il fut rendu à la liberté, et obtint même la concession d'un terrain assez vaste à son choix pour être cultivé comme il l'entendrait. Il quitta donc son maître, non sans lui avoir tenu compte du prix de la boussole qu'il lui avait dérobée autrefois, et partit avec Meredith, qui renonça à ses fonctions d'aumônier, pour choisir un emplacement favorable.

Après avoir longtemps exploré les contrées nouvellement livrées aux concessions, ils trouvèrent, sur le bord de la rivière qu'Allan avait naguère traversée pour aller courir mille dangers dans l'intérieur, une immense prairie qui s'élevait en pente douce jusqu'à une trentaine de mètres au-dessus du cours d'eau. Elle était couverte d'un gazon plantureux, velouté, compact, qui annonçait la fertilité du sol.

Allan et Meredith choisirent ce site sur le bord de la rivière. Le voisinage de l'eau était précieux pour une habitation, dans ce climat brûlant. Quant au soleil de midi les plantes baissent la tête et meurent de soif, Allan aurait du moins le bonheur de leur faire du bien en les arrosant, lui qui avait fait tant de mal, et de voir de pauvres créatures relevées et ranimées par ses soins.

Après avoir obtenu la concession de ce terrain, les deux frères s'empressèrent de l'entourer d'une forte palissade pour le garantir de l'invasion des bêtes sauvages et des noirs, et aussi de la visite des déportés fugitifs errant dans les bois. Quand la clôture fut achevée, et pendant que les grains livrés à la terre germaient et préparaient une abondante récolte, Allan et Meredith construisirent une petite maison à deux étages, entourée d'une galerie couverte ou *veranda*. Ils eurent grand soin de donner à l'intérieur la même distribution que celle du presbytère de Lanberis. La petite salle basse qui devait être le lieu de réunion ressembla tout à fait au parloir du presbytère. Les deux frères parvinrent à y réunir des meubles à peu près pareils, et ils plantèrent avec soin un chèvre-feuille, destiné à ombrager les fenêtres de ses rideaux de verdures.

Ils disposèrent la partie du jardin qui faisait immédiatement face à la salle basse, sur le plan du parterre de Lanberis. Si ce n'étaient point les mêmes fleurs que l'on planta, ce furent des fleurs qui devaient, par leur port et leur couleur, rappeler celles du pays de Galles. Un arbuste, tout à fait semblable au laurier par le feuillage, fut disposé de manière à former un berceau comme celui sous lequel M. Madock aimait à lire et à faire la douce conversation du soir.

Bientôt, grâce à la rapide végétation de ce climat, les deux frères pourraient venir sous cet ombrage quand le soleil serait ardent, ou bien à l'heure où les rayons de la lune scintillent à travers le feuillage, comme mille

7

petites étoiles. C'est en se représentant ce que bientôt
seraient ce petit coin de terre et la maison, qu'ils donnèrent à leur habitation le nom du *Nouveau Lanberis*. Une
éminence assez voisine s'appela *le petit Snowdon*, et quelques hauteurs qui s'élevaient dans le lointain devinrent
pour eux le Cader-Idris et le Plinlimmon. C'était l'an-
tique Galles du Nord transportée dans la Nouvelle-
Galles du Sud.

Ils venaient à peine de se faire ainsi une nouvelle
patrie, quand, pour la consacrer et la bénir, arriva la
lettre de mistress Madock qui racontait la distribution
faite aux pauvres. C'eût été dans le nouveau Lanberis
une joie pure et sans trouble, si les deux frères eussent
appris en même temps que la santé de leur père s'amé-
liorait, ou du moins se maintenait ; mais cette lettre leur
donnait de vives inquiétudes, surtout à Allan, qui ne
pouvait attribuer qu'à lui le coup terrible qui avait frappé
au cœur M. Madock.

Tout était beau et souriait autour d'eux. La haie de
géraniums qui bordait à l'intérieur la palissade était déjà
haute, épaisse et tout en fleurs ; la première récolte de
patates, de noix et de froment avait été superbe. C'est
alors qu'Allan se rappela une remarque que M. Davids
leur avait fait faire lorsqu'ils abattaient et déracinaient
par le fer ou par le feu les arbres des forêts. Le plus beau
froment était venu aux endroits où le tronc d'un arbre
avait été arraché ou brûlé : c'est que la combustion avait
fertilisé le sol en lui fournissant plusieurs sels favorables
à la végétation, et que déjà ce sol avait été labouré et
pulvérisé par le travail des racines qui s'étendaient con-
tinuellement de toutes parts.

Tout était donc florissant et riche dans l'habitation : champs, prés, verger même; car de jeunes arbres fruitiers, tirés d'une pépinière entretenue par le gouvernement, commençaient déjà à donner quelques fruits. Le nouveau Lanberis existait à peine depuis un an, que déjà il avait un troupeau de moutons assez considérable et un magnifique bétail. Les produits de toute nature suffisaient pour payer l'impôt au gouvernement de la colonie et entretenir l'habitation; Allan pouvait même obéir à une inspiration louable qui lui était venue de son repentir, et amassait de quoi envoyer à ce M. Griffith, qu'il avait volé, une partie du fruit de son travail. Cette résolution annoncée à ses parents par une lettre datée du nouveau Lanberis, y ramena encore un peu de contentement; mais, par malheur, M. Madock ne pouvait se rétablir : il allait s'affaissant de jour en jour, et sa femme commençait à craindre que son mal ne fût incurable. Dans ses lettres au nouveau Lanberis, elle laissait bien percer un peu de son affliction : il y en avait tant au fond de son cœur! Cependant elle craignait de trop attrister ses deux fils, Allan surtout, qui devait avoir bien du remords, et elle avait le courage de retenir ses larmes pour qu'elles ne couvrissent pas le papier qui devait aller consoler ses enfants. Que le courage de l'amour maternel est fort!

Presque tous les mois, Allan ou Meredith allait à Port-Jackson vendre les produits de leurs terres, et Allan ne pouvait assez admirer l'industrie de l'homme dans les changements presque merveilleux que présentait la ville à chacun de ses nouveaux voyages. Les maisons, les magasins, les quais, les rues, y apparaissaient comme

par enchantement. Il était donc très plaisant d'entendre
les premiers habitants de la colonie appeler ce terrain si
peuplé et si animé à présent, *le camp*, comme à l'époque
où quelques tentes formaient les habitations temporaires
et nomades des défricheurs, alors que des poteaux,
plantés de distance en distance, indiquaient seuls l'emplacement des rues, et que l'on voyait circuler, au milieu
des arbres abattus et des troncs renversés, les chaînes
des travailleurs captifs, unique population de ces premiers
temps. Aujourd'hui, ces chaînes ne passaient qu'acciden-
tellement au milieu des rues animées de Port-Jackson,
et le bruit des fers se perdait dans le tumulte innocent
d'un commerce actif. Si l'on s'arrêtait devant ces trou-
pes de déportés, c'était pour regarder le costume jaune
qu'on leur faisait revêtir dès leur débarquement et qui
leur valait le sobriquet de *canaris*. Il était pourtant douloureux de les entendre plaisanter sur leurs vêtements
d'infamie. Comme ils étaient *de droit* dans la colonie,
puisque la justice les y avait envoyés, ils n'avaient pas
honte de se qualifier de *légitimes*, et d'insulter, en les
nommant *illégitimes*, les planteurs qui étaient venus
volontairement de la mère-patrie s'établir dans ces pays
nouveaux. Ils ne faisaient pas grâce non plus de leurs
ignobles outrages aux *émancipés*, à ceux qui avaient
subi leur peine et qui exerçaient alors un commerce
honnête. N'allaient-ils pas, les malheureux, jusqu'à se
vanter en quelque sorte de leurs stygmates d'ignominie,
et se parant, comme de titres de noblesse, de la marque
qu'ils portaient, jusqu'à se dire *titrés !* Quelle déplorable
chose que cette fierté révoltante se haussant sur la boue
du vice ou du crime !

Allan rencontrait souvent dans les rues ou entrevoyait dans diverses boutiques des émancipés, anciens compagnons de chaîne, et devenus à présent honnêtes et respectés. Le gouvernement avait pris à ce sujet de très sages dispositions : on châtiait des peines les plus sévères tout propos qui eût été pour un libéré un reproche de sa conduite antérieure. Une telle loi était juste et morale : l'homme qui a expié son crime suivant les hommes, par la punition qu'ils lui ont infligée, n'était plus justiciable devant eux.

Allan avait beau regarder, lors de ses visites à la ville, il ne voyait point Evans qui pourtant aurait dû, à cette époque, avoir fini son temps; par suite de sa mauvaise conduite, la durée de sa peine avait été accrue.

Meredith voyant son frère tout à fait rendu au bien, placé à la tête d'une habitation déjà considérable, pensait à retourner à Lanboris où mistress Madock désirait sa présence, comme elle le lui avait témoigné déjà dans plus d'une lettre; mais il n'osait parler de ce projet à Allan : il se rappelait qu'il était exilé pour la vie. Venir lui dire : — Adieu! je m'en retourne au pays, — Meredith pensait que ce serait lui faire sentir ses fers, et il reculait chaque jour devant ce qui lui semblait le comble de la cruauté.

XVI. — La Lettre

Bientôt une voix se fit entendre qui parla impérieusement et commanda à Meredith de ne plus céder à ces tendres ménagements de frère et d'ami.

Un soir, après les travaux d'une journée qui avait été brûlante, Allan et Meredith, assis sous un bosquet de fleurs parfumées, respiraient la fraîcheur au clair d'une lune radieuse : ils se rappelaient de semblables soirées passées dans le petit jardin de Lanherle après un jour d'été, et ils causaient de leurs jeux d'enfance, de leur père, de leur mère, de tous les souvenirs du pays. Allan ne craignait plus d'aborder ce sujet.

Tout à coup ils entendirent du bruit à la porte de l'habitation; puis un petit noir nommé Bali-Bali, qu'ils avaient pour ainsi dire apprivoisé et pris à leur service, apporta, en courant, une lettre qu'il remit à Meredith, et s'éloigna.

La clarté de la lune, quelque splendide qu'elle fût, ne lui permit pas de lire autre chose que la suscription et surtout le timbre *Angleterre*. — Une lettre de notre mère ! — Elle est de mon père, peut-être ! s'écria Allan; et les deux frères regagnèrent au plus vite leur maison, en s'entretenant du plaisir que cette lettre allait leur procurer et de la bonne soirée qui se préparait pour eux.

Arrivés dans leur petite salle basse, ils apportèrent de la lumière sous la veranda et Meredith se hâta de lire la lettre.

Il en avait à peine vu les premiers mots, qu'elle lui tomba des mains; il se couvrit les yeux, et des larmes abondantes coulèrent sur ses joues, tandis que des soupirs étouffés sortaient de sa bouche. Allan ne fit pas une question à son frère; il avait compris, et, de même que Meredith, il fondit en pleurs. Cette terrible scène de désolation muette dura plus d'une heure : en vain les serviteurs de l'habitation vinrent à plusieurs reprises leur

parler ou leur demander des ordres : ils ne les enten-
daient même pas.

Enfin Meredith essuya ses yeux, et, d'une main tremblante, ramassa la lettre. Il s'était trompé peut-être ! Cet
espoir s'empara de lui et d'Allan ; mais il fut de courte
durée.

« Je suis veuve..... vous êtes orphelins. »

Ce sont ces mots qui avaient fait échapper la lettre des
mains de Meredith, et la voix lui manqua encore pour les
prononcer. Dès lors, il fut impossible à l'un d'en lire, à
l'autre d'en entendre davantage, et minuit était arrivé
sans qu'ils eussent cessé de pleurer. A cette heure, si
calme et si solennelle, il sembla à Meredith qu'il retrou-
verait plus de courage pour lire cette fatale lettre, et il
reprit d'une voix émue et entrecoupée de sanglots :

« Je suis veuve, vous êtes orphelins il y a déjà quinze
jours, mais ce n'est qu'aujourd'hui que j'ai la force de
vous écrire, sans mouiller ce papier de trop de larmes... »

Il en avait été cependant baigné, et Meredith le montra
à Allan qui mêla alors ses pleurs à ceux de sa mère.

« Comment, mes enfants, pourrai-je vous raconter
cette terrible catastrophe ! C'était un soir de septembre ;
nous étions tous les deux seuls, assis à chacun des coins
du foyer. Je travaillais : il lisait, ou, quand il était las,
me parlait de son enfance, de la vôtre, et j'étais heureuse
de le voir occupé de ces pensées de calme, quand... »

La lettre s'enfuit encore des mains de Meredith,
raidies tout à coup comme si elles tombaient frappées de
la foudre.

« Quand, mon Dieu! reprit-il en tremblant, votre père
pousse un cri, et, portant la main à son cœur :

» Comme il palpite! Je suffoque! je meurs! adieu!

» Je n'eus que le temps de me lever et de m'approcher
de lui pour entendre ses dernières paroles.

» Il n'était plus!

» Si vous aviez été ici, Meredith, vous auriez eu à remplir un devoir bien pénible, mais bien sacré : c'est vous
qui l'auriez accompagné jusqu'à sa dernière demeure.
Un autre a accompli ces tristes fonctions : c'est le pasteur de Beddgelert, qui était accouru à la première nouvelle. Si ce peut être une consolation pour vous et pour
moi, je vous répéterai que, non seulement la paroisse
entière mais tous les villages environnants sont venus
lui dire un dernier adieu... On soupirait, on sanglotait,
on pleurait à chaudes larmes. Votre père était bien aimé
dans le pays!

» Le lendemain, l'église était pleine. Il était venu des
gens de si loin, qu'on leur avait préparé à dîner : mais
ils étaient trop affligés, et personne n'a pris un morceau
de galette ou une gorgée de bière.

» Pauvre homme! On me dit, pour me consoler, qu'il
souffrait depuis longtemps, que je devais m'y attendre.
S'attend-on jamais à perdre quelqu'un que l'on aime?
Oh! certes, je le voyais bien languir depuis longtemps,
depuis un jour... mais quand on me le rappelle, on double mon chagrin. »

Meredith s'arrêta tout à coup sur ce mot : il avait embrassé d'un coup d'œil toute la fin de la page, et craignait,
en la lisant, de mettre le comble à la douleur d'Allan qui
était déjà dans l'agitation la plus violente. Il comprit

bien le sentiment qui faisait que Meredith suspendait sa lecture.

— Mon frère, s'écria-t-il, continuez, ne vous arrêtez pas devant les reproches que sans doute m'adresse ma mère : je dois les entendre. Je ne saurais être trop châtié. Lisez! Oh! ne sais-je pas que la nouvelle de mon infamie a frappé mon père au cœur, et que dès ce moment il était condamné à mourir? C'est moi qui l'ai condamné, c'est moi qui lui ai porté le coup fatal. Oh! je me le reproche du matin au soir plus haut et plus durement que ne le peut faire ma pauvre mère!

Il tomba à genoux en prononçant ces dernières paroles, et c'était là une scène bien imposante; il semblait que les deux frères fussent muets, éplorés, près du cercueil de leur père.

— Lisez! lisez! ne craignez rien, reprit Allan.

— Vous avez bien dit, mon frère. Notre mère ne vous accable pas de reproches aussi amers que vous venez de le faire vous-même : elle les adoucit par des larmes de tendre compassion. Je ne vous lirai donc que ces derniers mots :

« Votre père, en expirant, a pardonné à Allan. »

— Il a pardonné! pardonné en mourant à son fils qui le tuait! s'écria Allan en levant les mains au ciel. Mais vous, ma mère, mais toi, Meredith, pouvez-vous me pardonner de vous avoir pris un mari, un père? Puis-je me le pardonner moi-même? Oh! non; il est des crimes que les hommes peuvent oublier, pour qui le ciel peut avoir de la miséricorde, mais la conscience ne connaît ni oubli ni clémence.

Et, toujours agenouillé, il était tombé à terre; il s'y

prosternait et s'y tordait dans son désespoir, et de
temps à autre, à ses sanglots inarticulés, se mêlaient de
poignantes paroles pleines de ressouvenirs d'enfance et
de la bonté, de la vertu, de la tendresse de son père !

— Et j'ai tout détruit ! comment expier ce crime ! —
Alors entre son frère et lui se passaient de graves entretiens sur le soin avec lequel l'enfant doit éviter de
causer des chagrins à la famille qui l'aime et ne vit que
pour lui : il peut ainsi y apporter la mort. Allan rappelait à Meredith une de leurs parentes que sa fille, petite
encore, avait, par un mouvement brusque, blessée au
point de nécessiter une opération cruelle que la mort
avait suivie : c'était un accident, l'acte d'un être sans
raison ; mais lui, Allan, il était raisonnable quand il mit
la désolation dans le cœur de son père ; et le trait em-
poisonné une fois lancé, il avait eu beau prier, expier,
demander pardon, l'obtenir peut-être, il avait fallu que
son père mourût par lui. Il est donc des choses irrépara-
bles auxquelles peut conduire un mauvais penchant que
l'on n'arrête pas dès sa naissance.

— Il est impossible que vous me pardonniez et que je
me pardonne ! disait ensuite Allan avec désespoir.

Meredith, au lieu d'avoir à lui adresser d'austères re-
montrances, ne cherchait pour lui que des paroles de
consolation. Le coupable, impitoyable envers lui-même,
touche et désarme. Ce n'est que vers la fin de cette nuit
si agitée qu'il se calma un peu, grâce aux tendres exhortations de son frère qui était désormais tout entier à une
seule pensée : Sa mère !

— Notre mère, Meredith, s'écria Allan ; oh ! elle est
seule et sans appui à présent. Je ne puis courir vers

elle; mais vous y retournerez, vous, Meredith; vous êtes désormais son seul espoir. Je ne lui aurai pas enlevé tout bonheur, toute consolation; je lui rendrai son fils chéri, honoré, bon, admirable. On ne vous refusera pas la cure de Lanheris; vous y vivrez peut-être un peu heureux encore, et vous parlerez quelquefois de moi, n'est-ce pas? et vous prierez pour moi sur la tombe de mon père!

— C'est bien, Allan, lui répondit Meredith en l'embrassant; ce mouvement de votre âme me fait plaisir. J'ai voulu venir vous consoler et vous sauver; c'est vous qui voulez que je retourne essuyer les pleurs de notre mère et lui donner du pain; je le lui dirai, et elle vous aimera davantage encore!

Le jour les retrouva se préparant à l'exécution prompte de cette résolution. On apprit dans la journée qu'un bâtiment était sur le point de mettre à la voile pour l'Angleterre : Meredith se hâta de faire tous les préparatifs nécessaires à la longue traversée qu'il allait entreprendre encore, tandis que Allan écrivait à sa mère; ensuite il aida son frère dans ses apprêts, comme si cette séparation ne lui eût pas été bien cruelle. C'est qu'il était soutenu par la pensée qu'il accomplissait un devoir. Le jour du départ, il l'accompagna jusqu'à la ville, non sans lui répéter bien des fois, chemin faisant, qu'il voulait accumuler les bonnes œuvres sur son crime, pour tâcher de le cacher à ses yeux mêmes; puis, arrivés sur le port, il donna à Meredith, au moment où il quittait la terre, une bourse et une lettre.

— L'argent, lui dit-il, est pour M. Griffith. Si vous le découvrez, mon frère, apprenez-lui que c'est en expiation

que je lui envoie cette bourse; s'il n'en a pas besoin,
qu'il la donne aux pauvres. Quant à la lettre, que ma
mère la lise et en ait pitié comme si moi-même je pleu-
rais et demandais grâce, agenouillé devant elle.

Ils s'embrassèrent encore; Meredith promit à Allan de
lui écrire dès son arrivée, et Allan se fit répéter plusieurs
fois cette promesse au moment où le vent commençait à
enfler les voiles.

XVII. — L'Émigrant

Allan rentra bien tristement dans son habitation; il
pensait tout en cheminant au mal qu'il avait fait, mal
que n'avait pu guérir ni expiation ni repentir. Il se promit de redoubler de charité et de bonnes actions en
réparation de son crime passé.

Dans cette pensée, il sollicita du gouverneur la faveur
de prendre à son service les plus jeunes d'entre les déportés, ceux qui avaient forcé leur pays à les rejeter de
son sein à seize ou dix sept ans. Il en faisait de bons
cultivateurs, et de plus des hommes calmes et repentants;
il leur racontait comment il était tombé, de quel mal
irréparable il avait été la cause, et cet exemple toujours
vivant les corrigeait mieux que toutes les exhortations.
Ramener au bien le plus possible d'égarés, lui paraissait
le plus bel acte de charité à exercer envers ses semblables.

Grâce à ses soins et à son dévouement, tout prospérait
autour d'Allan. Il avait bien besoin de cette activité et de
ces distractions; car la pensée de son père ne le quittait
point; ou, si elle le laissait un instant, c'était pour être

remplacée par une autre qui l'épouvantait. Il était possible que sa mère n'eût pu survivre à la douleur de cette
perte, elle qui avait déjà été si éprouvée par lui. Alors il
redoublait de soins pour tâcher de rendre meilleurs de
plus en plus les déportés dont il avait entrepris la con-
version.

Le petit sauvage Bali-Bali était aussi l'objet de ses
soins les plus assidus. Il n'avait que six ans, et depuis
deux années déjà il était sur l'habitation. Il aimait beaucoup Allan qui l'avait tiré d'un bien grand péril; des
noirs ennemis de sa famille étaient sur le point de le
dévorer, quand il le délivra au prix de quelques baga-
telles d'Europe.

Déjà Bali-Bali savait assez d'anglais pour pouvoir
causer avec son père d'adoption qui commençait à lui
apprendre à lire et à lui faire sentir combien était pré-
férable la vie un peu maîtrisée de la civilisation à la vie
sans frein, mais misérable, des habitants de l'Australie.
Quand un vent froid du sud, après avoir franchi les montagnes de l'intérieur, venait balayer les plaines sur les
bords de la rivière où s'élevait l'habitation d'Allan, il
donnait à Bali-Bali un vêtement plus chaud, en s'ef-
forçant de lui faire admirer l'industrie sans laquelle il
fut resté nu, exposé à toutes les atteintes du froid, et
grelottant sur quelques feuilles sèches pour tout lit, au
lieu du bon matelas sur lequel il reposait dans le nouveau Lanberis. Que des grêlons énormes vinssent à
tomber en violents orages, Allan ne manquait pas de
demander alors à Bali-Bali comment il se trouverait dans
les chétives huttes d'écorce que la grêle peut briser, ou
le moindre souffle emporter au loin.

Cet enfant n'était pas seulement la distraction et le passe-temps du nouveau Lanberis, il en était encore le meilleur gardien, car il avait conservé de sa vie sauvage cette pénétration des sens caractéristique chez les peuples qui vivent toujours au grand air. Sa vue perçait la distance la plus considérable ; le son le plus étouffé arrivait à son oreille, et il devinait même au moyen de l'odorat, si un indigène ou un européen approchait de l'habitation.

Toutes les fois qu'Allan allait à Port-Jackson — et il s'y rendait souvent, car il commençait à s'inquiéter de ne pas recevoir la lettre promise par son frère, — il emmenait Bali-Bali et celui-ci revenait toujours avec un répertoire divertissant pour les habitants du nouveau Lanberis. Les sauvages de la Nouvelle-Galles du Sud, véritables singes, sont des mimes parfaits, et Bali-Bali excellait entre tous dans cet art. Rien ne lui échappait, depuis le libéré qui se carrait dans les rues et faisait le petit-maître, jusqu'au commandeur qui marchait d'un air d'importance avec son énorme bâton. Quand, armé d'un rotin qu'il venait d'arracher, Bali-Bali exécutait cette caricature devant son maître, Allan, au lieu de rire, ne pouvait que soupirer à ce que lui rappelait cette imitation.

Toutes les fois qu'il parcourait les rues de Port-Jackson, il cherchait du regard Evans. Ayant appris qu'il était encore captif, il demanda un jour à l'intendance la permission de le prendre chez lui en qualité de serviteur ; il voulait le ramener au bien, le corriger par son exemple : mais on le lui refusa comme trop endurci dans le mal.

Les jours se succédaient sans qu'aucune lettre d'Angleterre vînt rassurer notre pauvre Allan. Il était de plus en plus triste, et se demandait si son frère avait péri dans un naufrage, ou si sa mère n'était pas morte de chagrin ; il contemplait alors la succession de malheurs que peut amener dans une famille le crime d'un enfant. Sa mère ! Aurait-il donc tué aussi sa mère, et commis un double parricide !

Il était un soir sous la veranda livré à ces sombres méditations. Bali-Bali attristé de le voir si triste, gambadait et grimpait aux arbres pour le distraire. Tout à coup il s'élança vers la porte en flairant comme eût fait un chien, et revint à Allan.

— Maître ! maître ! homme blanc là !

— Est-ce que ce serait mon frère ? telle fut la première pensée d'Allan, et, en l'exprimant à voix haute, il courut ouvrir la porte.

C'était bien un blanc en effet, mais non point Meredith. Un homme de quarante ans environ, entra en remerciant Allan de son hospitalité ; il lui apprit qu'il était tout récemment arrivé d'Angleterre pour chercher l'emplacement d'une habitation, et que ce district lui paraissant convenable sous tous les rapports, il s'était attardé en examinant les bords de la rivière. Il demanda à Allan la permission de se reposer une heure chez lui en lui demandant tous les renseignements nécessaires.

Allan, lui voyant les traits altérés comme par une fatigue extrême, lui répondit qu'il ne le laisserait pas partir avant le lendemain matin, et qu'alors seulement il lui donnerait les indications qu'il désirait ; quant à ce soir, il l'engageait à aller sur-le-champ se mettre au lit. L'é-

tranger ne se fit pas prier; il tombait de lassitude, et
Allan lui souhaita une bonne nuit après l'avoir conduit
à une chambre destinée aux hôtes, et lui avoir montré
où était la sienne pour qu'en cas de besoin il eût recours
à lui.

Allan lui-même se coucha bientôt, satisfait de la bonne
action qu'il venait d'accomplir, en donnant l'hospitalité.
Il s'endormit sous cette douce impression; mais son
sommeil fut troublé et son esprit assiégé d'images sombres; l'idée de l'Angleterre, d'où arrivait cet émigrant,
s'était assombrie dans ses songes; il voyait sa mère
expirante, son père au dernier soupir, et il était haletant
sous le poids d'un horrible cauchemar.

— Au voleur! Il tressaille à ce cri qu'il avait bien réellement entendu et que rendait on ne peut plus sensible
une main crispée serrant violemment son bras.

— Au voleur!

Allan se dressa tout épouvanté sur son lit à cette exclamation poussée une seconde fois, et qui l'avait jeté,
on sait pourquoi, dans une terreur profonde.

Il ne se remit qu'au bout de quelques minutes, en reconnaissant la voix de son hôte. Il s'excusait de l'avoir
troublé dans son sommeil, mais il était convaincu que
des malfaiteurs complotaient quelque attaque contre l'habitation, car il avait entendu sous la veranda, au-dessus
de laquelle s'ouvrait sa chambre, des murmures de diverses et nombreuses voix.

Allan, heureux d'être délivré, à quelque prix que ce
fût, de son cauchemar et du premier sentiment d'effroi
qui l'avait suivi, accompagna l'étranger dans sa chambre.
Il écouta pendant quelques instants d'une oreille atten-

tive, et entendit en effet des rumeurs de voix sourdes ; mais à certains claquements de langue, il reconnut des indigènes. Que venaient-ils faire ? Avaient-ils réellement l'intention d'attaquer l'habitation ? A en juger par les différents accents que l'on pouvait distinguer, les noirs étaient nombreux. Bali-Bali avait appris quelques mots de leur langage à Allan, et il se rassura bientôt en découvrant qu'ils n'avaient pas d'autre intention que celle de se faire de la veranda une chambre à coucher. Ce voisinage était dangereux ; car qui savait quelle idée pouvait s'emparer tout à coup de ces sauvages ? En admettant même qu'il n'y eût aucun péril, il y avait incommodité à les avoir si près de soi, car ils sont babillards à l'excès, comme les perroquets qui caquettent tout le jour dans leurs épaisses forêts.

Il falloit donc s'en débarrasser, et, au lieu de la scène terrible que l'étranger avait redoutée, Allan lui promit une scène plaisante. Au moment même où la conversation était le plus animée parmi les noirs, il fit sortir de ses lèvres un long sifflement, rien de plus. Comme par enchantement, le silence le plus morne succéda sous la veranda aux retentissants claquements de langue, ou, si l'on parlait, ce n'était qu'à voix basse et en chuchotant.

— Ils ne partent pas encore, dit Allan à son hôte ; ils se sauveront cette fois : vous allez le voir.

Alors il alluma un peu de papier qu'il lança par la fenêtre, et, pendant que le vent le faisait tournoyer en l'air, Allan répétait son sifflement plus long et plus aigu cette fois.

Pour le coup, on eût dit une bande d'oiseaux qui s'en-

8

volait, car les sauvages fuyaient à toutes jambes, de tous
côtés, en ne poussant qu'un cri d'effroi : *Potoyan! Potoyan!*

— Est-ce donc de la magie? demanda l'étranger à
cette vue.

— Nullement, je vous assure; c'est la chose du monde
la plus naturelle, comme est d'ailleurs toute chose pour
celui qui sait. Notre magie n'a été que l'art de faire
peur; et cela arrive dans d'autres pays que la Nouvelle-
Galles du Sud. Allan lui raconta alors, en peu de mots,
que les indigènes, quoiqu'ils ne pratiquent aucun culte
religieux, ont cependant l'idée vague d'un esprit du mal
qu'ils nomment Potoyan, et auquel ils attribuent leur
plus affreux penchant, le cannibalisme. Potoyan, suivant eux, rôde la nuit en quête d'enfants à dévorer;
malheur à ceux qu'il rencontre et que ne protége pas
Coyan, le génie du bien. Or, ils croient qu'il est attiré
par le feu et annonce son approche par un bruit sifflant
comme un vent fort dans les feuilles. — Telle était l'ex-
plication du prétendu enchantement qui n'avait été autre
chose que l'art de tirer parti des faiblesses et de l'ignorance de ces gens. Il faut donc être en tout pays le plus
exempt possible d'ignorance et de faiblesses, pour que
de plus habiles n'en profitent pas afin de nous dominer.

Ces explications données, Allan et son hôte se sépa-
rent pour reprendre un sommeil si brutalement interrompu. Vous qui connaissez l'état de l'âme d'Allan, re-
présentez-vous quel tressaillement dut lui faire éprouver
ce cri : *Au voleur!* le saisissant dans un sommeil troublé par de mauvais souvenirs. Il eut beaucoup de peine
à fermer l'œil de nouveau; pendant son insomnie, il ne

pensait qu'à son frère, à sa mère, à cette absence totale de lettres; il se promit d'écrire dès le matin.

Il venait de commencer aussitôt que le jour le lui avait permis, quand l'étranger vint pour lui annoncer son départ en le remerciant de sa bonne hospitalité.

Vous ne me quitterez pas sans déjeuner, lui dit Allan; et, pendant que l'on apprêtait le repas, il éprouvait un vif désir d'interroger son hôte sur son pays. Mais ne pouvait-il pas s'adresser à quelqu'un qui connût son crime d'autrefois? Cette pensée le retenait.

— Hé bien, je déjeunerai avec vous, et j'en profiterai pour m'excuser de la scène désagréable de cette nuit en vous expliquant ce qui m'est arrivé il y a dix ans à peu près; de là vient que je tremble la nuit au moindre bruit, en pensant à un vol peu important par lui-même, et qui cependant a renversé mes espérances de fortune en Angleterre.

Allan, qui, sur l'invitation de son hôte, avait continué d'écrire, posa sa plume à ces derniers mots. Il semblait que ces doigts ne pussent plus la tenir.

— Oui, Monsieur, reprit l'émigrant: c'était à Bristol.

— A Bristol? répéta d'une voix distraite et troublée Allan.

— Oui, à Bristol. Vous connaissez cette riche et belle cité?

— Oui. — Ce fut la seule réponse que fit Allan avec un soupir.

— Etes-vous donc de ce pays, pour que son nom seul vous fasse soupirer?

— Je vous écoute. — C'est tout ce que lui répondit Allan.

— J'étais nouvellement établi dans le commerce, et la réputation de ma maison commençait à se fonder, grâce à mon exactitude à remplir tous mes engagements. Jamais billet n'était présenté à ma caisse sans qu'il n'y fût fait honneur sur-le-champ, et je ne me serais point endormi tranquille le soir, si je n'eusse su que j'avais là, en ma possession, près de moi, l'argent suffisant pour faire face à tous les payements du lendemain. C'est ainsi que je dormais trop profondément, hélas! la nuit dont je vous parle.

Allan n'était plus à rien. Il n'écrivait plus, il n'écoutait pas cependant, ou bien il baissait les yeux et n'osait regarder l'étranger pendant son récit. Un vol à Bristol! chez un négociant nouvellement établi! Il n'osait lui demander son nom. Dans une agitation constante, il se levait à tout moment sous prétexte de veiller à ce que le déjeuner de son hôte fût bientôt servi.

On l'apporta enfin, et Allan n'avait plus aucun moyen de se soustraire à ce que racontait l'étranger. Après avoir avalé quelques bouchées, celui-ci reprit :

— Comme je vous le disais, je dormis paisiblement jusqu'au matin. Je me levai tranquille, je m'habillai; mon domestique m'apporta des lettres de commande : tout prospérait chez moi.

O Monsieur! de quel coup affreux je fus soudain frappé!...

— Malheur! s'écria mon domestique; la porte du petit escalier est toute grande ouverte. Au secours!...

Allan se représentait avec terreur cette porte donnant sur le petit escalier où il avait trébuché. Ses traits étaient

agités, son visage pâle. Les paroles qu'il voulait prononcer expiraient sur ses lèvres décolorées.

— Vous ne mangez pas, remarqua l'étranger : Etes-
vous souffrant! Faut-il appeler vos domestiques!

— Non, je n'ai rien, répondit Allan.

— Au secours! au secours! répéta ma femme qui accourait avec notre enfant dans les bras; nous sommes
volés : la caisse est ouverte.

— Hélas! oui, la caisse était ouverte : tout avait été
enlevé. Tout! et l'on allait venir présenter des billets.
Je courus à l'instant chez des gens qui pouvaient venir
à mon secours : il me fallait une somme peu considérable pour me tirer d'affaire. Je ne pus cependant obtenir des uns que des prêts insignifiants, et je me perdis
en faisant cette demande : j'ébranlai la confiance. D'autres allèrent jusqu'à me refuser net, et j'eus l'horrible
chagrin de les voir douter de la réalité du vol que j'allé-
guais. Bref, je rentrai désespéré. On était venu réclamer
une partie des billets; j'envoyai sur-le-champ pour les
payer, en partie du moins, avec le peu d'argent que j'a-
vais pu réunir. Quelques-unes étaient déjà chez les huis-
siers; le reste des créances fut exactement présenté,
mais non acquitté. Mon crédit établi à peine, ne se releva point : je fus perdu, mes affaires languirent, s'em-
barrassèrent, ma femme tomba malade de chagrin; mon
enfant mourut pendant la maladie de sa mère qui, elle-
même, succomba. Voyez quel mal ces voleurs m'ont fait!

Allan se leva comme s'il allait prendre la main de
l'étranger pour lui témoigner sa compassion, et il se
recula comme épouvanté. Il était dans un état d'angoisse
que l'on peut concevoir.

— Enfin, reprit l'étranger, après avoir lutté dix ans à Bristol, à Londres, à Birmingham, avec la fortune qui m'a toujours été rebelle, je suis venu ici, muni du faible pécule que j'ai pu amasser. Peut-être qu'il fructifiera avec l'aide de la Providence, et que je pourrai remonter, dans la Nouvelle-Galles du Sud, la malheureuse maison Griffith. »

— Griffith! M. Griffith! Vous M. Griffith!

C'est tout ce que put dire Allan en tombant à genoux devant lui.

— O Monsieur! vous avez dû voir combien, pendant votre récit, mon cœur battait et combien mes lèvres tremblaient : j'étais livré aux plus affreuses tortures; je me demandais à tout instant si ce n'était pas la volonté d'en haut qui envoyait ici l'homme que j'avais dépouillé. Oui... je le sais à présent, je viens me prosterner à vos pieds. Oh! pardon, pardon, M. Griffith! je vous ai rendu bien malheureux; je me suis rendu bien plus malheureux encore : j'ai tué mon père de chagrin! Oh! pardon! pardon! c'est moi qui vous ai volé!

Et toutes ces paroles d'Allan étaient coupées par des sanglots et d'ardentes effusions de larmes dont il baignait les genoux de M. Griffith qui, lui-même, surpris par une scène si inattendue, était hors de lui et comprenait à peine ce qui se passait. C'était comme un rêve d'où il ne sortait que difficilement. Il prit enfin le dessus, et, voyant Allan prosterné à ses pieds, il en eut pitié et le releva en lui faisant entendre des mots de miséricorde et de pardon.

Allan osa le regarder alors et lui prendre les deux mains.

— Vous ne me fuirez donc pas avec horreur, M. Griffith, vous resterez donc ici désormais, ici... chez vous... le maître ; vous me permettrez d'y travailler et d'y vivre ? Oh ! que je vous rends grâce !

Alors il raconta à M. Griffith tous les tourments de l'âme et du corps qu'il avait eus à supporter depuis ce crime. M. Griffith, touché de ce tableau d'expiation et de souffrance, et bien plus encore de ce noble et franc aveu qui, suivant lui, avait dû tant coûter à Allan, accepta ses offres, mais non pas aussi complètement que le voulait notre déporté converti. M. Griffith, en joignant les fonds qu'il apportait à ce que le travail d'Allan avait réalisé de bon et de profitable sur cette propriété, se borna à faire de la plantation un bien commun, et — témoignage honorable — il prit pour associé son voleur d'autrefois. C'est qu'Allan était à présent bon et honnête autant qu'homme au monde. De là vient que son aveu, que M. Griffith avait regardé comme un grand et mâle effort fait sur lui-même, n'avait réellement été pénible en aucune façon. Les fautes, énormes ou légères, ne pèsent plus du même poids sur la conscience quand on l'en a délivrée par le repentir ; on éprouve du soulagement à les avouer, dès qu'on se sent au-dessus d'elles et qu'on les foule aux pieds.

Une fois cet arrangement convenu, Allan voulut que M. Griffith prît possession de la chambre la plus belle, non point cependant celle que Meredith avait habitée elle était sacrée celle-là, et Allan l'appelait toujours *la chambre de ma mère.* Il recommanda aux domestiques de le servir toujours le premier, et le traita comme son supérieur ; il s'était autrefois placé si bas au-dessous de lui! M. Griffith, de son côté, s'efforçait chaque jour d'effacer cette ligne de démarcation qu'Allan ne méritait plus, et elle était touchante, cette association de deux hommes dont l'un avait eu tant à se plaindre de l'autre, se resserrant de plus en plus dans les liens d'une intimité que la franchise du repentir et du pardon rendaient plus inébranlables de jour en jour. Il ne manquait plus dans cette petite société, pour qu'elle fût heureuse, que la présence de Meredith et de mistress Madock que M. Griffith connaissait déjà à merveille par les constants ressouvenirs d'Allan. Il n'osait aspirer au bonheur de les voir au nouveau Lanberis; mais il soupirait après une lettre, une lettre au moins.

C'est ce que tous les matins il se disait avec espérance, et à la fin de chaque jour avec désespoir. Ne recevant point ces nouvelles que Meredith lui avait promis de lui envoyer dès qu'il aurait touché terre, il avait écrit, et déjà il eût dû recevoir la réponse. Il était livré à la plus violente inquiétude, d'autant plus qu'on ne parlait d'aucune tempête qui pût lui expliquer ce silence. Tous les habitants de Port-Jackson avaient reçu, depuis deux ans que son frère était parti, leurs lettres avec autant d'exactitude que le permettaient les chances d'une traversée de cinq mille lieues. A quoi devait-il alors attribuer cette absence des nouvelles, sinon à l'absence d'une main pour les tracer?

Au milieu de la prospérité de l'habitation, il vivait dans une angoisse incessante, et quand il revenait sans lettres de Port-Jackson, où il se rendait presque tous les jours, M. Griffith était son consolateur.

Il s'efforçait, et quelquefois avec un succès passager,

de le détourner de ses tristes pensées en l'entretenant des améliorations qu'il comptait avec le temps apporter à l'habitation, en lui faisant contempler celles qu'ils avaient déjà réalisées. Les deux récoltes que la terre fertile leur donnait chaque année devenaient de plus en plus abondantes, grâce aux connaissances acquises par la théorie ou la pratique que M. Griffith et Allan appliquaient dans leurs cultures. On venait visiter leur domaine comme une merveille : les moutons qu'ils avaient en immenses troupeaux donnaient une double moisson de la plus belle laine du pays, et les fruits du nouveau Lanberis avaient une réputation justement méritée sur le marché de Port-Jackson. Ce n'est point seulement, nous l'avons vu, à la culture du sol que leurs soins étaient prodigués avec succès; l'éducation de quelques jeunes déportés était aussi l'objet de leurs heureux efforts, et Bali-Bali se perfectionnait tous les jours par l'intelligence aussi bien que par le cœur. Toujours, quand il voyait Allan pleurer, il accourait à ses côtés, le caressait, tournait autour de lui comme le chien inquiet de voir l'air chagrin à son maître, et il cherchait à attirer son attention par ses jeux, par ses souvenirs; puis, quand il n'y réussissait point, ses deux beaux yeux brillaient dans leurs noires orbites, car de grosses larmes y passaient.

Allan lui avait en vain répété qu'il devait désormais avoir au moins autant de soins et d'attachement pour M. Griffith que pour lui; Bali-Bali avait conservé son naturel indocile sur ce point, et n'avait de profonde affection que pour son premier maître.

XVIII. — Le pied de Bruyère

L'excursion si malheureuse d'Allan dans l'intérieur de
l'Australie ne lui avait pas été tout à fait inutile. Il avait
remarqué dans les montagnes bleues certaines plantes
céréales ou légumineuses auxquelles il avait eu recours
pour apaiser sa faim et qui lui avaient paru d'un goût
exquis. Il était possible, probable même, que la faim fût
pour beaucoup dans cet effet; il en conservait cependant
un vif souvenir où la reconnaissance devait avoir sa part,
et il s'était dit plus d'une fois qu'en les cultivant on en
pourrait tirer un bon parti. Il projetait donc depuis longtemps une excursion dans les montagnes bleues, et Bali-
Bali devait être son compagnon avec deux autres serviteurs. Une seule pensée l'avait jusqu'ici retenu au nouveau Lanberis; on la devine : il voulait toujours être à
même de se rendre à Port-Jackson pour y aller chercher
une lettre qu'il n'y trouvait jamais, ou être chez lui pour
le recevoir sans retard.

M. Griffith cependant, le voyant si inquiet, usa de
toute l'influence qu'il avait sur lui pour le décider à ce
petit voyage. — Je parie, lui dit-il entre bien d'autres
arguments qu'il employa, je parie que vous trouverez
une lettre en revenant. Allez! allez! vous aurez cette
chère pensée pendant votre absence, et vous verrez que
vous recevrez de bonnes nouvelles en rentrant ici.

Il est de ces sentiments auxquels, à défaut d'espérance, on se laisse aller avec une foi crédule. Il écouta
donc les conseils de M. Griffith; et un matin il se mit en

rou.e pour les montagnes bleues, après avoir embrassé
son excellent associé.. Il ne put que se rappeler, à l'heure
de ce départ, le moment où jadis il s'évadait pour aller
sans provisions, sans munitions, sans appui, sans guide,
se jeter dans un désert inconnu, au milieu d'habitants et
de bêtes aussi sauvages les uns que les autres. Aujour-
d'hui, c'était tout différent; il marchait, entouré de gens
armés et chargés de vivres, vers une contrée où il allait
se reconnaître, et ce fut là pour lui sans doute un des
charmes que cette expédition devait avoir. Il se promettait un vif plaisir à se retrouver tranquille et dans l'abondance, dans les lieux témoins de son désespoir, de ses
souffrances et de ses angoisses mortelles. C'était une
jouissance analogue à celle que lui faisait éprouver depuis longtemps la conviction de son retour à la vertu
quand il se rappelait ses fautes passées.

Bali-Bali, dans sa joie, sautait et gambadait devant
son maître, comme le lévrier que l'on vient de rendre
libre; il respirait cet air vif, qui venait des montagnes
bleues, avec un ravissement dont Allan se tourmentait
parfois. Les montagnes bleues étaient son pays, et il lui
arrivait parfois de craindre que le malheureux enfant ne
lui échappât pour rentrer dans sa liberté sauvage et
misérable. Allan était tellement préoccupé de cette appréhension, qu'il le fit comprendre à Bali-Bali; mais ses
caresses et ses pleurs d'attendrissement le rassurèrent
bientôt.

C'est avec délices qu'Allan ramassait sur l'herbe
fraîche les flocons de manne qui lui avaient autrefois été
d'un si grand secours et les savourait comme un mets
recherché. Bali-Bali avait remarqué que son maître

aimait les chapelets de gomme pendus aux branches des
acacias; il s'élançait dès qu'il apercevait un de ces arbres, y grimpait avec la prestesse d'un singe, et accourait
rapportant à Allan la provision recueillie.

Plus il avançait, plus il retrouvait avec plaisir des
lieux qu'il croyait reconnaître; il lui semblait même que
les traces de sa marche traînante et misérable d'autrefois n'avaient point été effacées par d'autres pas. Les
plaines étaient toujours sillonnées de ces longues bandes sinueuses, traces du passage des chenilles dévoran-
tes, et il crut, dans un taillis, revoir le fourré où il avait
été si malade.

Il se serait aperçu qu'il approchait des montagnes
bleues, quand bien même il n'eut pas eu devant lui à
l'horizon leurs hautes masses de forêts, en voyant le
surcroît d'agilité et de joie que manifestait Bali-Bali :
l'air des montagnes est si vif et si fortifiant! Il en res-
sentit lui-même l'influence; il était presque gai quand il
commença à gravir les premières pentes. M. Griffith
avait vu juste; Allan souriait avec une sorte de confiance
à l'espoir de retrouver au retour les lettres si désirées.

Bientôt il se revit dans la région des hautes fougères
et des cèdres. En parcourant les clairières et les taillis
qu'il avait jadis foulés d'un pied misérable, il reconnut
les plantes qu'il avait remarquées alors. Il recueillit
celles qui lui semblèrent pouvoir devenir utiles, et les
plaça avec leurs racines dans des boîtes de fer-blanc ap-
portées pour cet usage. Il accomplissait une bonne œuvre
analogue à celle qu'il avait pratiquée à l'égard de Bali-
Bali et des déportés qu'il prenait à son service; il voulait
civiliser ces plantes sauvages et les rendre utiles à la

société, comme il avait fait de Bali-Bali et des anciens
voleurs, vrais sauvages du monde civilisé, devenus ses
serviteurs fidèles. Il pouvait à présent reposer pendant
les nuits dans les clairières parfumées de fleurs qui
grimpaient aux arbres; il le pouvait sans inquiétude.
Les éclats de rire de l'oiseau-rieur ne le troublaient plus
au coucher du soleil, et il ne bondissait plus saisi d'épouvante au cinglement que faisait entendre dès son réveil
l'oiseau-fouet. Tel est dans la vie le bienfait de l'expérience devant laquelle se dissipent les mêmes frayeurs
de l'inconnu.

Plus Allan avançait ou s'élevait dans ces montagnes,
plus il trouvait de ces productions qui pouvaient devenir
utiles. Arrivé enfin sur la crête la plus haute de la
chaîne, il put apercevoir les deux lacs salés qui l'avaient
autrefois si cruellement déçu, et, dans le lointain, le
commencement des joncs et des marécages où il avait
tant souffert. Des aigles de couleur sombre, à tête blanche, fendaient l'air bien au-dessus de sa tête, à la poursuite d'un épervier ou d'un faucon blanc. Il soupira :
l'aspect de ces oiseaux des montagnes lui rappelait le
Snowdon.

Après avoir longtemps contemplé le vaste panorama
que l'on découvrait du haut de ces montagnes, il y jeta
un regard d'adieu et retourna sur ses pas vers le nouveau Lanberis. On commençait à redescendre, quand
Allan poussa un grand cri en s'élançant vers un buisson.
Bali-Bali et ses serviteurs crurent que leur maître était
blessé par le serpent noir dont la piqûre est mortelle.

Ils avaient pris pour une exclamation de douleur ou
d'effroi ce qui n'avait été qu'un cri de joie; ils ne com-

prirent pas davantage Allan quand il sortit du buisson
avec un pied de bruyère en fleur, mais une bruyère d'un
rose vif, toute pareille à celle qui couvre les pentes du
Snowdon. Dans cette fleurette, il avait revu son enfance
si choyée et si heureuse, sa jeunesse qui aurait pu être si
belle et si honorée : la figure de sa mère, celle de son
père qui n'était point menaçante encore, lui apparurent
quand il contemplait cette bruyère, et il lui sembla qu'il
entendait ces pieuses et douces leçons auxquelles son
jeune âge avait fermé l'oreille, et qu'il eût été si heureux
de recevoir aujourd'hui. Il plaça cette plante au nombre
des plus utiles qu'il eût recueillies, et longtemps, chemin
faisant, il réfléchit aux moyens de la faire vivre au nouveau Lanberis.

Plus il approchait de l'habitation, plus lui revenaient,
vifs et inquiets, le désir et l'espoir de trouver une lettre de
Meredith et de sa mère. Il avait fait, en allant, le chemin
à petites journées; mais son retour était rapide, agité,
sans repos. Un matin il aperçut les murs de l'habitation.

— Que renferment-ils? se dit-il en les apercevant.

Son cœur battait à mesure qu'il en approchait, et en
même temps s'en allait son espoir; car il était convaincu
que M. Griffith, s'il avait eu une bonne nouvelle, serait
accouru au-devant de lui dès qu'il l'aurait aperçu.

Cependant il tâchait de conserver quelque espoir.

Bali-Bali fut le premier à atteindre la porte de l'habitation : il voulait apporter à son maître la lettre si impatiemment attendue. Il est si doux d'être le messager
d'une bonne nouvelle! Allan comptait bien que Bali-Bali

reparaîtrait, la figure souriante; mais quand il ne le vit
pas revenir à lui, il s'attrista.

Au moment où il mettait le pied sur la porte d'entrée,
M. Griffith venait au-devant de lui et l'embrassait cordialement.

— Rien? ce fut la seconde parole que prononça le pauvre Allan.

— Rien, répondit M. Griffith.

Que l'on se rappelle cette nuit d'angoisse de M. et de
madame Madock, où Allan, pour la première fois, ne
revint pas, et quel fut leur morne abattement quand, à
leur retour, après l'avoir cherché vainement, après avoir
espéré qu'il serait rentré pendant leur absence, ils retrouvèrent la salle vide comme quand ils l'avaient quittée
dans le désespoir. Allan fut frappé du même coup, car
tout était alors à ses yeux d'un vide effrayant, et de sinistres pensées l'assaillirent.

— Je vais sur-le-champ à Port-Jackson, s'écria-t-il.

Il était épuisé de fatigue; mais rien ne pouvait le retenir, et après avoir pris seulement le temps nécessaire
pour planter la bruyère qu'il avait si précieusement rap-
portée, dans le lieu le plus frais qu'il put trouver, il
s'élança sur un cheval qu'il dirigea au galop vers la ville.

XIX. — L'Habitation attaquée

Allan était parti trop précipitamment pour avoir pu
apprendre de M. Griffith quelques détails sur ce qui
s'était passé pendant son absence. Une circonstance
fâcheuse pour l'habitation existait actuellement. Les

terrains environnants allaient être livrés aux émigrants
ou aux libérés; déjà les travaux de défrichement avaient
commencé à une certaine distance, et, en se rappro-
chant, allaient bientôt donner au nouveau Lanberis un
triste voisinage, une chaîne de travailleurs et son acces-
soire obligé, un détachement de soldats qu'il fallait
nourrir et dont la présence, bien que très utile pour la
sûreté, entraînait des désordres inévitables, même avec
la discipline la plus sévère.

Ce n'est pas sans quelque inquiétude que M. Griffith
vit partir son associé qu'il aimait désormais autant que,
lors de son vol, il le maudit et le détesta sans le connaître. Vu sa fatigue, il craignait que cette nouvelle
route parcourue au galop ne l'accablât et n'eût quelque
suite funeste pour sa santé. Si, en arrivant à Port-
Jackson, Allan trouvait une lettre, ce serait un baume
puissant; mais s'il allait être déçu encore, comme il y
avait tout lieu de le craindre, les douleurs de son âme
se joignant aux lassitudes de son corps, devaient faire
redouter pour lui de fâcheux résultats.

Ce qui n'avait été qu'appréhension au nouveau Lanberis devint presque une certitude quand le soir approcha sans que l'on vît Allan de retour. Bientôt le soleil se
coucha, et la nuit, dans ce pays sans crépuscule, laissa
presque tout à coup tomber son voile sur la terre. Un
accident devait être arrivé à Allan. M. Griffith, Bali-
Bali, les domestiques, tout le monde était dans l'étonnement; le petit noir voulait même partir pour aller au-
devant de lui : M. Griffith le retint et chercha à les rassurer aussi en leur faisant remarquer que, plus d'une
fois, Allan avait couché à la ville, et qu'ils ne seraient

pas dans l'anxiété s'ils ne l'avaient vu se mettre en route brisé de fatigue et désespéré comme il était.

Ces paroles ramenèrent le calme, en apparence du moins, dans l'habitation. Les domestiques se retirèrent sous les hangars qu'ils habitaient la nuit, et, après que M. Griffith fut couché, Bali-Bali se mit au lit dans sa chambre qui était voisine de celle de son maître.

Un silence profond, l'obscurité complète d'une nuit sans lune régnaient tout autour de l'habitation. M. Griffith, Bali-Bali, les domestiques, tout le monde dormait dans le nouveau Lanberis; le détachement de soldats reposait tout entier sous ses tentes, ainsi que les défricheurs de la chaîne, qui avaient grand besoin de réparer les fatigues de la journée et de reprendre des forces pour celle du lendemain.

Les défricheurs ne dormaient pas tous cependant. Depuis deux ou trois jours, les plus hardis des condamnés complotaient une expédition contre un lieu habité dans l'espoir de se procurer des provisions pour fuir dans les montagnes et c'est le nouveau Lanberis qu'il s'agissait d'attaquer. Les conspirateurs avaient réussi, on ne sait comment, à se procurer quelques armes, et ils avaient choisi pour l'exécution de leur projet la nuit de l'absence d'Allan.

Quand l'heure convenue fut arrivée, ils parvinrent, après avoir rompu les liens qui les retenaient, à sortir à pas de loup, sans bruit, et se dirigèrent lentement, avec précaution, à travers les inégalités du sol incomplètement défriché, vers l'habitation qui était environ à une demi-lieue et où l'on reposait en pleine sécurité.

Cependant Bali-Bali venait de s'éveiller. Il ne savait si

9

c'était naturellement ou par l'effet de quelque bruit; il
lui sembla cependant, au moment où il ouvrait les yeux,
avoir entendu un son, comme d'une chose qui serait
tombée.

En effet, les voleurs en escaladant la muraille avaient
ébranlé une échelle dont la chute avait produit assez de
fracas pour les retenir indécis sur le sommet du mur,
sans oser descendre de l'autre côté.

Bali-Bali se leva néanmoins; il regarda par la fenêtre.
Il écouta, et son oreille lui donna l'assurance que l'on
marchait dans les géraniums qui bordaient le mur à
l'intérieur. Les feuilles bruissaient à peine; cela lui
suffit. Il n'y avait pas dans l'air un souffle de vent! Il
courut précipitamment au lit de M. Griffith :

— Monsieur! monsieur! on vient ici pour voler! enfer-
mez-vous bien, défendez-vous, et attendez-moi.

Il était déjà parti pour exécuter un plan qu'il avait
tout aussitôt conçu. Que l'on se figure ce que dut éprouver M. Griffith à cet appel qui le réveilla en sursaut. Il
crut d'abord que c'était la fin de quelque cauchemar où
revenait la scène de son vol. Il fut toutefois bientôt convaincu qu'il s'agissait d'une réalité, en entendant marcher et chuchoter sous les fenêtres; puis on s'efforçait
d'ouvrir la porte du vestibule avec le moins de bruit possible. Il se mit alors en mesure de se défendre, se barri-
cada, chargea ses pistolets, et cependant, en ce moment
critique, il se demandait ce qu'était devenu Bali-Bali.

Les brigands, encouragés par le silence qui continuait
de régner autour d'eux, donnèrent de plus violentes
secousses à la porte qui semblait ne pouvoir leur résister longtemps. M. Griffith était au comble de l'effroi; seul

et les domestiques ne survenaient à temps, il était perdu.
Il prit donc le parti d'avertir par un coup de pistolet.

A ce signal les trois ou quatre domestiques sortirent
de leurs cabanes et se précipitèrent dans la cour, ainsi
que M. Griffith. Une lutte terrible s'engagea dans l'obscurité. On entendait un cliquetis d'armes qui se mêlait
aux cris étouffés et aux effrayables juraments des voleurs. De temps à autre M. Griffith tirait un coup de pistolet, dans l'espoir que quelque détachement en surveillance l'entendrait du dehors; mais personne ne venait,
et le combat corps à corps était de plus en plus acharné.

Tout à coup une vive lueur parut à l'horizon à travers
le feuillage des hauts arbres qui s'élevaient derrière
l'habitation. Etait-ce un incendie allumé par les bandits,
pour profiter du tumulte et piller à leur aise?

La lumière se rapprochait rapidement; il semblait que
le vent propageait rapidement l'incendie.

Le combat était suspendu; les voleurs eux-mêmes
avaient été terrifiés par cette clarté soudaine.

Ils avaient raison : leur coup était manqué. Bali-Bali
était parti en toute hâte. L'intelligent enfant avait grimpé
sur un arbre, de là sauté sur un mur, l'avait franchi,
puis s'était trouvé dans un sentier détourné qu'il connaissait. Avec la vitesse du cerf, il avait couru vers le
campement des soldats; rien ne l'arrêtait : terrains bou-
leversés par les défricheurs, taillis, broussailles épaisses, il franchit tout comme le vent rapide. Il voulait sauver l'habitation.

Arrivé au camp des soldats, il trouva la sentinelle à
moitié endormie, et ce n'est que difficilement qu'il lui
fit comprendre ce qui se passait au nouveau Lanberis.

Aussitôt l'alerte fut donnée, quinze soldats prirent, les uns des armes, les autres des torches, et se mirent en chemin sous la conduite de Bali-Bali qui courait si vite, qu'ils ne pouvaient le suivre.

Cette lueur soudaine avait annoncé l'entrée des soldats sur l'habitation.

Les voleurs, au nombre de six, furent désarmés et enfermés pour le reste de la nuit dans une des cabanes destinées aux condamnés qui servaient comme domestiques; une garde suffisante fut chargée de les surveiller jusqu'au matin. Ils ne devaient sortir de leur prison que pour être fusillés.

XX. — A chacun selon ses œuvres

Pendant cette nuit de terreur et de tumulte, que devenait Allan? il était arrivé à Port-Jackson, sain et sauf, mais le cœur bien gros et bien chagrin. Ses premiers pas dans la ville se dirigèrent vers le bureau de la poste.

— Avez-vous une lettre pour moi?

Il n'eut pas besoin de faire de questions plus détaillées; on le connaissait, il y était venu si souvent! On cherche tout aussitôt, et à chaque paquet qui passait sous ses yeux, il éprouvait comme un coup violent dans la poitrine. Enfin l'employé examinait le dernier.

— Non, rien encore, lui dit-il d'un ton d'intérêt inspiré par l'affliction que décelaient ses regards et tous ses gestes. Il demanda alors en grâce pour la centième fois qu'on lui dépêchât un exprès sur-le-champ s'il arrivait des nouvelles, et pour la centième on le lui promit.

Ne croyez point qu'en partant du bureau de poste il

reprit son cheval pour retourner au nouveau Lamberis :
Il voulut, comme toutes les fois qu'il venait à la ville,
aller sur le port, recueillir les bruits qui y couraient sur
l'Angleterre et sur les arrivages récents ou attendus. Il
était à interroger matelots et ouvriers, quand il fut accosté
par un homme fort bien mis et qui dirigeait le déchar-
gement d'un navire. Il ne le reconnut pas tout d'abord;
mais, comme il l'avait salué du nom d'Allan, ce devait
être un de ses compagnons de crime, de misère et de
repentir. Il ne se trompait pas; et bientôt il se rappela
un des plus actifs de la bande qui avait achevé comme
lui son temps, et depuis s'était établi marchand en ville.
Ses affaires avaient prospéré; il était arrivé à faire un
commerce considérable, et, en ce moment même, il attendait d'un instant à l'autre un bâtiment dont une partie
de la cargaison lui était destinée.

— Vous attendez un bâtiment? s'écria Allan qui ne
pensait qu'aux lettres qu'il pouvait apporter : c'était la
seule portion de la cargaison qui l'intéressât.

— Oui, répondit son ancien camarade, il devrait être
ici depuis quinze jours, et je l'attends impatiemment ;
mais on vient de signaler une voile à l'horizon : peut-
être est-ce lui. De l'espérance! ayons-y foi, mon ami,
elle nous en a donné le droit; car qui nous eût dit, il y a
dix ans, quand nous travaillions avec la chaîne, que vous
et moi nous serions dans notre position de fortune? à propos, savez-vous ce qu'est devenu Evans? un mauvais sujet!

Il était assez plaisant d'entendre cette accusation portée par un compagnon de vol ; mais il était honnête et
respecté actuellement et pouvait désormais juger les autres comme il se jugeait lui-même, sans ménagements.

— Savez-vous ce qu'il est devenu cet Evans?

Il avait été obligé de réitérer sa question qu'Allan
n'avait pas entendue, tant il était attentif à examiner le
point de l'horizon où le bâtiment si désiré devait paraître.

— Evans? reprit Allan, je n'en sais pas plus que vous.

— Et leur conversation s'étant engagée sur leur situation actuelle, leur fortune toujours croissante et leur
chagrin d'être à jamais séparés de leurs familles et de
leurs amis, ils arrivèrent en causant à la jetée d'où leurs regards s'étendaient en liberté sur une rade immense pareille
à un grand miroir encadré dans des masses de verdure.

Pendant toute leur promenade sur le port, le négociant
avait fait remarquer à Allan, ici tel voleur avec effraction
devenu un honnête bijoutier; là, un faussaire qui était
désormais le plus probe et le plus loyal des hommes.
Avant la fondation de la colonie, une mort publique,
sans enseignement, sans profit pour la société, eût fait
disparaître ces deux êtres intelligents : la déportation les
a laissés vivre ; et par leur industrie ils ont pour leur part
contribué à la prospérité sociale.

Puis le négociant montrait à Allan la forêt de mâts
qui se dressaient dans le port. L'un et l'autre, ils sen-
taient, en considérant ce spectacle, une sorte de fierté
qui leur élevait l'âme.

— Oui, ajouta Allan, on pourrait se trouver heureux
en reconnaissant que de nuisible on est devenu utile à
son pays, si l'on n'en était exilé pour toujours.

— Ah! cela doit être ainsi; nous oublierions peut-être
dans le bonheur présent le mal que nous avons fait jadis
aux autres; et, pour nous en conserver le souvenir, il
faut bien quelque chose d'irréparable.

A ce mot, Allan fondit en larmes; il lui rappelait son châtiment le plus irrévocable, la mort de son père. Son nouvel ami cherchait à le consoler ou à le calmer, quand le son retentissant du porte-voix se fit entendre au loin.

Allan essuya ses yeux et regarda à l'horizon. — C'était un navire !

Dès lors, c'est en vain que le négociant chercha à continuer la conversation avec Allan qui n'entendait plus et n'avait plus qu'un sens, celui de la vue pour regarder sans relâche le bâtiment qui venait à toutes voiles. Il voulait être là au moment du débarquement, pour avoir une lettre sans aucun retard, s'il y en avait pour lui.

Le navire avançait rapidement; quand il fut sur le point d'entrer, Allan quitta son compagnon pour courir au point où il jetterait l'ancre, afin de pouvoir parler tout aussitôt au capitaine que le négociant connaissait bien.

Après avoir manœuvré pour prendre sa place au milieu des navires qui bordaient le quai, le petit brick jeta l'ancre, et bientôt l'échelle fut mise pour que l'équipage et les passagers, s'il y en avait à bord, vinssent à terre. La mer était assez grosse ; les vagues faisaient onduler le brick et par conséquent l'échelle. L'opération du débarquement était même difficile, périlleuse, et ne pouvait se faire que lentement.

Allan bouillonnait d'impatience : il attendait le capitaine qui, suivant les lois de la mer, ne pouvait sortir que le dernier. Un homme d'un certain âge, qui venait sans doute s'établir sur une concession, monta d'abord; quelques ouvriers le suivirent, puis l'échelle resta inoccupée un instant : la mer était toujours aussi houleuse.

Enfin, un homme en noir parut sur le pont et monta deux degrés de l'échelle, puis il se retourna pour donner la main à une femme qui posa sur le premier échelon un pied tremblant.

Allan fut saisi d'une émotion indicible à cette vue : était-ce la terreur qu'il éprouvait pour cette femme que balançait ce frêle escalier? il ne respirait plus ; ses yeux étaient fixes et étincelants ; on voyait son cœur soulever sa poitrine.

— Qu'avez-vous donc, Allan? lui dit le négociant.

— O ma mère! pardon! pardon! Bon Meredith! c'est tout ce que put dire Allan en tombant à genoux devant sa mère dès qu'elle eut touché le sol avec Meredith.

On peut à présent concevoir la stupeur dont il avait été saisi, lui qui n'attendait qu'une lettre, qui ne désirait que cela, parce qu'il ne regardait que cela comme possible. Voir apparaître sa mère, sa mère qu'il n'espérait plus embrasser jamais, pas plus que Meredith, savoir qu'elle avait fait cinq mille lieues, à travers les périls, à son âge, pour retrouver un enfant qui lui avait fait tant de mal! c'était bien fait pour le frapper d'étonnement et d'admiration comme un prodige. Prodige de l'amour maternel, en effet! Sentiment profond qui lui fit tout braver pour revoir et embrasser son Allan.

Aussi, en le relevant, en pleurant au moins autant que lui, en lui disant qu'elle lui pardonnait, elle l'embrassait et ne pouvait prononcer une autre parole. Allan suffoquait; nul bonheur ne pouvait être plus complet : c'était passer de l'enfer au ciel en un clin d'œil, comme un trait, comme un éclair. L'air lui manqua dans cette transition si rapide ; il tomba en défaillance.

Ce n'est qu'à l'hôtel que les caresses de sa mère et les serrements de main de Meredith le rappelèrent à lui. Alors vinrent en foule les souvenirs, les pensées, les paroles sur les lèvres de chacun ; on parlait à la fois, on s'interrogeait en même temps, on se répondait sans s'écouter : c'était le trouble du bonheur extrême, ou bien, tout à coup, cette abondance de paroles qui se précipitaient, s'arrêtaient, et le silence était employé à de tendres et longues caresses. La nuit vint sans qu'Allan se fût aperçu du passage des heures : ce n'est qu'alors qu'il songea au nouveau Lanberis et à l'impossibilité d'y retourner le soir même, avec bien plus qu'une lettre, avec toute sa famille. — tout ce qui restait de vivant, hélas !

Ces moments de silence dont nous parlions tout à l'heure survenaient souvent devant un de ces douloureux souvenirs que chacun évitait de mêler à la joie actuelle. Allan avait prononcé le nom du nouveau Lanberis ; il ne fut plus dès lors question que de cette habitation, de sa beauté et de sa fertilité. Mistress Madock eût déjà voulu y être : elle la connaissait bien par les rapports de Meredith, et, quand Allan lui décrivait les améliorations qu'on y avait introduites depuis lors, elle le comprenait à merveille. Quel bonheur c'était pour Allan de voir comment, à cinq mille lieues de lui, sa mère avait réellement vécu à son côté, suivant, d'après ce que lui en avait dit Meredith, les phases de son existence journalière.

— Oui, Allan, je vivais avec vous, je savais que quand je me couchais vous vous leviez ; si je me réveillais au milieu de la nuit, et que l'horloge vînt à sonner douze fois, je me disais que vous étiez alors en plein soleil, parcourant sans doute vos plantations. — Demain je ver-

rai si je me suis trompée, quand je me les représentais
si belles !

Et pendant que ces bonnes et douces conversations
avaient lieu à Port-Jackson, ce nouveau Lanberis qu'Allan montrait à sa mère comme une retraite si calme et
si paisible, l'anxiété et le bruit y étaient au comble. Il
en est souvent ainsi dans la vie, un jour qui commence
beau a son orage pour le soir. Allan, séparé par une bien
courte distance de son habitation, était sur le point de la
perdre, et rien ne l'inquiétait : c'est ce qui prouve que
dans la vie heureuse il faut toujours être préparé aux
revers.

La nuit était avancée quand mistress Madock et ses
deux fils purent s'endormir, tant ils étaient agités par
le bonheur. La même insomnie, mais qui avait une tout
autre cause, dura jusqu'au jour dans l'habitation : aussitôt qu'il parut, le chef du détachement envoya un de
ses hommes prévenir le commandant du camp de ce qui
s'était passé la nuit, et l'on attendait pour décider du
sort des coupables dont le chef avait été blessé très griè-
vement dans la lutte. M. Griffith et les domestiques de
l'habitation avaient eu le bonheur de ne recevoir aucune
blessure, non plus que Bali-Bali ; et, l'inquiétude de la
nuit passée, le jour leur avait ramené leurs perplexités
sur le compte d'Allan. Bali-Bali ne put y tenir davantage
et obtint la permission de courir au-devant de lui.

Ce devait être au même moment que mistress Madock
montait sur le cheval que conduisaient, chacun à leur
tour, par la bride, Meredith et Allan. Il fallait entendre
les exclamations d'étonnement de la sédentaire habitante
de Lanberis à la vue de ces arbres nouveaux, de cette

pompeuse végétation, et de ces immenses prairies éten-
dues sur le bord des rivières comme des tapis de velours
vert semé de fleurs.

— Oh! si ma pauvre vache que j'ai laissée à Lanberis
était ici! s'écria-t-elle. — Ou bien, quand elle cessait
d'admirer naïvement ce pays si étrange pour elle, elle
racontait à Allan tous les détails de sa longue traversée.
Alors Allan la remerciait avec effusion de cette bonté
infinie qui lui avait fait braver tant de fatigues et de privations, pour venir le voir.

Il n'étaient pas loin encore du Port-Jackson, quand
Allan aperçut, au bout de la route, Bali-Bali qui accourait à toutes jambes en poussant des cris de joie :

— Voyez! ma mère, voyez! c'est mon petit domestique.

Il avait à peine eu le temps de dire ces paroles, que
déjà Bali-Bali était à ses pieds, le fêtant, lui baisant la
main et lui disant combien on était inquiet de lui au
nouveau Lanberis.

— Retournes-y vite; qu'on ne soit plus inquiet; que
l'on y soit au contraire dans la joie : je reviens avec ma
bonne mère et mon frère.

Bali-Bali, qui les avait regardés d'un œil plein de
curiosité et d'intelligence, parut fier d'avoir deviné, et,
après leur avoir baisé les mains, il reprit la route du
nouveau Lanberis pour faire encore au pas de course ses
trois ou quatre lieues. Allan avait à peine parcouru la
moitié de cette distance, quand le petit noir arriva sur
l'habitation.

Les prisonniers y étaient encore, et le commandant ne
devait venir que dans quelques heures. M. Griffith, qui
venait d'apprendre par Bali-Bali la nouvelle du bonheur

d'Allan, eût bien voulu cependant que la présence de ces misérables ne fût pas là comme un nuage sur ce beau ciel d'allégresse qui se déployait sur le nouveau Lanberls. M. Griffith fit tout préparer pour recevoir les nouveaux arrivants; puis, pendant qu'un repas choisi s'apprêtait, il alla au-devant de son associé et de sa famille.

Il ne tarda pas à les apercevoir; bientôt ils s'embrassèrent tous cordialement et pour ne plus se séparer; puis ils firent ensemble leur entrée solennelle dans l'habitation. Par malheur, une scène douloureuse s'y préparait : la justice réclamait son droit, et le commandant venait de se faire ouvrir les portes des cabanes où étaient enfermés les brigands.

Pendant qu'il les interrogeait sommairement, on raconta à Allan ce qui s'était passé dans la nuit, et ce fut avec douleur qu'il apprit un événement qui venait troubler les joies de cette journée.

— Un de ces hommes, dit le commandant à M. Griffith, est mourant de ses blessures; il demande un ministre pour lui donner les dernières consolations; mais où en trouver un?

— Ici, répondit Meredith en s'avançant et en montrant le brevet qui l'appelait aux fonctions d'aumônier. Je suis prêt à l'entendre.

Meredith entra près du mourant.

— Quant aux autres, ils ne demandent pas assistance, reprit le commandant, nous allons donc les conduire où la loi l'ordonne.

Allan prit alors la main du commandant :

— O Monsieur! par la vie d'expiation que j'ai menée, par la joie que j'éprouve aujourd'hui, par ma mère, par tout ce qu'il y a de plus sacré, ne les faites pas mourir, je vous en conjure.

— Je vous en conjure aussi, Monsieur, ajouta mistress Madock en tombant à ses genoux, ne portez pas ainsi malheur au premier pas d'une pauvre mère qui revient vers son enfant!

Le commandant était ému; il voulait répondre au nom de l'inflexible loi, et les paroles expiraient sur ses lèvres.

— Pardonnez-leur, faites-leur grâce du dernier supplice, lui dit à son tour Meredith en sortant de la cabane du mourant; vous le pouvez, vous le devez même. Ils n'étaient que les instruments : celui-là était leur chef.

Cet homme, dit-il tout bas à Allan, c'était Evans : il est mort en te demandant grâce.

Le commandant, vaincu par ces instances, consentit à faire rentrer les coupables dans les chaînes, mais pour toute leur vie, et il les emmena avec sa troupe.

Après quelques heures de repos sous la véranda et dans la chambre de la famille où mistress Madock retrouva réellement sa chambre et ses meubles de Lanberis, en versant des pleurs de joie, et quand la chaleur du jour fut tombée, il fut question de parcourir l'habitation. On se mit en devoir de la visiter, Bali-Bali à l'avant-garde, bondissant et gambadant comme un jeune lévrier. Quelles furent les exclamations de bonheur en revoyant véritablement le parterre et le berceau de Lanberis! Tout à coup, Meredith s'arrêta comme s'il se rappelait quelque chose d'oublié depuis longtemps; il tira de sa poche une bourse qu'il donna à M. Griffith. C'est celle qu'Allan lui avait remise à cette destination : Meredith le lui expliqua :

— Gardez-la, M. Meredith : c'est un argent sacré, le gage du repentir et le fruit de l'expiation. Distribuez-le aux condamnés; peut-être leur inspirera-t-il quelques salutaires pensées de retour au bien.

Mistress Madock admirait de plus en plus ces prairies couvertes de vaches au lait abondant, ces champs chargés de hauts maïs, ces beaux arbres fleuris et parfumés, où chantaient les oiseaux parés des plus éclatants plumages. A chaque pas, elle entendait sortir de la bouche des travailleurs des bénédictions pour Allan. Ce beau spectacle, ces paroles si chères au cœur d'une mère, tout l'émut au point qu'elle se prit à pleurer.

— Qu'avez-vous donc, ma mère?

Et elle, serrant la main de Meredith, et celle d'Allan, murmura :

— Oh! si votre pauvre père pouvait voir tout cela!

A ce moment, Bali-Bali apportait à mistress Madock la bruyère des montagnes bleues pareille à celle du Snowdon; elle la prit de ses mains, embrassa le petit noir, et sourit.

FIN.

TABLE

Naturels de l'Australie.

Limoges. — Imp. E. ARDANT et Cie

VOYAGE AÉRIEN

DE

NEW-YORK A YOKOHAMA

PAR

FRANÇOIS TEISSIER.

LIMOGES

EUGÈNE ARDANT ET Cie, ÉDITEURS.